FÜR
FLORICA

Was ist eine Novelle anders als
eine sich ereignete unerhörte Begebenheit.

Johann Wolfgang Goethe

E.Y. MEYER

Venezianisches Zwischenspiel

Novelle

Mit einem Nachwort von Samuel Moser

Impressum
Erstmals erschienen 1973
© 2024 E.Y. MEYER
eymeyer.ch

Cover:
Bronzekopf des Autors
Geschaffen 1997 von
PAN YI QUIN
Academy of Arts & Design
Tsing Hua University
Bei Jing, China

ISBN 9783759237927

Herstellung und Druck über tolino media GmbH & Co. KG, Albrechtstr. 14, 80636 München. Printed in Germany.
Fragen zu Produktsicherheit an: gpsr@tolino.media.

INHALT

I	7
II	33
III	55
IV	95
V	119
VI	147
VII	187
Nachwort	225
Vita E. Y. MEYER	233
Werke E. Y. MEYER	235
eBooks E. Y. MEYER	237

I

Die Unterbrechung der Romanarbeit sollte nur eine kurze sein, einige Tage bis höchstens eine Woche, und hätte doch beinahe ihr Ende bedeutet.

Ob man das Ereignis, um das es hier geht, wirklich als so gravierend einstufen oder ob man es anders sehen will, hängt von den Moralvorstellungen des Einzelnen ab. In einem Jahrhundert, in dem millionenfacher technokratisch geplanter Mord stattgefunden hat, die Atombombe erfunden, gebaut und eingesetzt wurde, ist auch die Beurteilung von Mord relativ geworden.

Alles scheint möglich und als Wertvorstellung akzeptierbar. Und vielleicht wird der Mord, wenn man später auf unser Jahrhundert zurücksieht, möglicherweise sogar als die Kunst angesehen, die es kennzeichnet, wie andere Jahrhunderte durch das Gebet oder das Betteln gekennzeichnet waren.

Das Böse, das es in der Welt gibt, beginnt oft erstaunlich banal und entfaltet plötzlich eine grosse Wirkung.

Damals, als die Begebenheit stattfand, an die ich seither regelmässig zurückdenken muss, schuf meine Frau die Kostüme für eine Aufführung von Niccolò Machiavellis *Mandragola* im Théâtre de l'Est Parisien (heute heisst es Théâtre National de la Colline), und der aus Italien stammende Regisseur hatte die Idee, am Tag nach der Premiere mit einigen Freunden nach Venedig zu fahren, um dort den Abschluss seiner Arbeit noch ein zweites Mal in der berühmten Harry's Bar zu feiern.

Ein Einfall, der, wie ich zugeben muss, etwas eigenwillig, wenn nicht verrückt oder jedenfalls zumindest exzentrisch erscheinen mag. Kennt man Giorgio Marelli und seine Arbeit näher, verwandeln sich solche Eingebungen, wie ich versichern kann, aber schon bald einmal in Vorschläge, die für die Verhältnisse dieses Mannes durchaus normal, ja beinahe gewöhnlich sind.

Warum meine Frau und ich ausgerechnet auf diese Laune Giorgios eingingen, hatte recht unterschiedliche Gründe. Da wäre zunächst sicher einmal anzuführen, dass auch wir, meine Frau und ich, gewissen Extravaganzen oder sogenannten Verrücktheiten gegenüber nicht unempfänglich sind.

Und dann war da natürlich vor allem Giorgios grosszügiges Angebot, nicht nur den Abend in Harry's Bar zu übernehmen, sondern meiner Frau und mir, wenn wir unseren Wagen für die Reise zur Verfügung stellten, auch noch das Benzin zu bezahlen.

Meine Arbeit hatte durch den Premierenbesuch in Paris ohnehin eine Unterbrechung erfahren, und mir würde sich wahrscheinlich nicht so bald wieder die Gelegenheit bieten, meine Venedig-Erfahrung mit einem so exzellenten Kenner zu erweitern, wie dieser italienische Regisseur einer zu sein schien. Darüber hinaus liess sich der Abstecher, wie es der Zufall oft auf merkwürdige Weise will, zudem noch mit einer sowieso fälligen Recherchereise für den Roman verbinden, an dem ich gerade arbeitete – wobei Zufälle, wie ich in zwischen weiss, eigentlich keine Zufälle sind, sondern bloss Zusammenhänge, die wir nicht genügend überblicken.

Und schliesslich, zu guter Letzt oder last, but not least, bot Giorgios Vorschlag meiner Frau und mir eine schöne Gelegenheit, uns gegenseitig ein Geburtstagsgeschenk zu machen – hatten wir doch beide eben unsere Wiegenfeste im Zeichen der Waage getrennt voneinander gefeiert. Meine Frau das ihre zwei Wochen zuvor zusammen mit den Freunden in Paris und ich das meine neun Tage später siebenhundert Kilometer entfernt an unserem Wohnort.

Meine Frau kannte Giorgio damals schon seit etwa zehn Jahren. Mit ihrer Emigration hatte sie ihn aber über einen längeren Zeitraum hinweg aus den Augen verloren und bis zu dieser erneuten Zusammenarbeit in Paris nur noch sporadisch durch Freunde etwas von ihm gehört. Ich selber begegnete dem Mann, der ein Jahr jünger ist, anlässlich der *Mandragola*-Premiere zum ersten Mal – zuvor kannte ich ihn nur aus den Erzählungen meiner Frau von früheren Zeiten, von Zeiten, als sie noch nicht meine Frau war.

Ende der sechziger Jahre, so meine Frau, hatte Giorgio am Festival RASSEGNA DEI TEATRI in seiner Heimatstadt Florenz den Direktor des rumänischen Nationaltheaters von Cluj kennengelernt, und dieser hatte den jungen Italiener eingeladen, im Jahr darauf an seinem Haus eine Inszenierung zu übernehmen. Nicht bloss, weil er vom Talent des jungen Mannes überzeugt war, sondern vor allem, weil seine Frau und der Italiener sich ineinander verliebt hatten und er befürchtete, die Frau könnte in Florenz bleiben wollen.

Giorgios Regiearbeit in Cluj, Pirandellos *Riesen vom Berge*, folgte eine Inszenierung in der rumänischen Stadt Craiova, und auf Grund der beiden Erfolge erhielt der ausländische Jungstar sofort ein weiteres Engagement am Stadttheater von Ploeşti, wo meine Frau zu dieser Zeit als Bühnen- und Kostümbildnerin engagiert war.

Den Namen dieser Stadt kennt man im Westen vielleicht wegen des zwischen ihr und dem Aussenrand der Karpaten gelegenen, im Zweiten Weltkrieg von den Deutschen fast leergepumpten Erdölgebiets Rumäniens. Vor dem Erdölreichtum, so meine Frau, sei Ploeşti nichts als zwei Strassen mit einer durch den Dichter Caragiale berühmt gemachten Banlieue-Sprache gewesen, eine Wegkreuzung, die nach dem Erdölboom eine eigene Republik habe gründen wollen und zum Gespött des ganzen Landes geworden sei.

Vom Direktor per Telegramm von einer Gastarbeit am Nationaltheater Belgrad zurückgerufen, stand die junge Frau, von der ich damals noch nichts wusste, einer Zusammenarbeit mit einem Ausländer, wie sie mir später erzählte, zunächst skeptisch gegenüber, da Kontakte mit Ausländern im damaligen Rumänien meist Schwierigkeiten hervorriefen. Und bei der ersten Begegnung habe der Italiener ihr auch einen sehr impertinenten und unsympathischen Eindruck gemacht. Aber nachdem sie das Stück, das sie mit ihm machen sollte, *La bottega del caffè* von Carlo Goldoni, gelesen habe, hätten sie sich bei der ersten Arbeitsbesprechung sofort verstanden. Sie habe dem Italiener gesagt, sie sehe in dieser Komödie, deren eigentlicher

Protagonist ein Kaffeehaus an einer belebten Kreuzung Venedigs ist (in der Dogenstadt sei 1645 das erste Kaffeehaus Europas eröffnet worden), bühnenbildmässig nur ein Loch, »un trou plein de merde«, Loch im philosophischen Sinn natürlich, und zwei Minuten später seien sie sich über die Konzeption der Inszenierung einig gewesen.

Von da an habe Giorgio beim verrückten Leben, das am Ploeşti-Theater geherrscht habe, mitgemacht und sei vollends vom Balkanvirus befallen worden, von dem er sich seither nie mehr habe befreien können. Man habe, so meine Frau, praktisch Tag und Nacht im Theater gelebt, sich selbst und dabei manchmal auch fast das Theater verbrannt, oder sei ins sechzig Kilometer südlich gelegene Bukarest gefahren, von wo die meisten künstlerischen Mitarbeiter, wie auch meine Frau, stammten und wohnhaft geblieben waren.

Die grossen Feste, die regelmässig gefeiert worden seien, hätten alle im Bukarester Haus einer Grafikerin und eines Malers stattgefunden. Wohnungen, die für Feste dieser Art geräumig genug gewesen wären, habe niemand gehabt, solche zu kriegen sei unmöglich gewesen. Und an einem dieser Feste hätten Giorgio und meine Frau dann auch den aus Turin stammenden italienischen Industriellen Gian-Luca kennengelernt, dem der Vater der Grafikerin im Zweiten Weltkrieg das Leben gerettet hatte.

Der Vater der Grafikerin sei Arzt in Calafat gewesen, einer Stadt an der Donau, der Grenze zu Bulgarien, unweit Jugoslawiens. Und neunzehnhundertvierundvierzig habe er im dortigen Spital den von den Russen gefangengenommenen Italiener wegen einer Nierenkrise behandelt. Eine Pflege, die nur möglich gewesen sei, weil einige der Mitgefangenen die russischen Bewacher mit gestohlenen Zuckersäcken bestochen hätten. Aber als die Russen den Mann dann wieder hätten holen wollen, um ihn zur Zwangsarbeit in ihre Heimat zu verschleppen, habe der Arzt aus Mitleid mit seinem Patienten an dessen Zimmertür kurzerhand ein Schild angebracht, auf dem vor einer ansteckenden Krankheit gewarnt worden sei. Daraufhin hätten die Russen, die sich vor Ansteckungen mehr als vor dem Teufel fürchteten, Gian-Luca zurückgelassen, worauf er, als er wieder einigermassen gesund gewesen sei, über Bulgarien nach Italien habe fliehen können.

Dass Gian-Luca meiner Frau und Giorgio schon bald wieder begegnen sollte, wussten die beiden damals noch nicht.

Die Premiere der *Bottega del caffè* habe im Sommer stattgefunden und sei ein Riesenerfolg gewesen. Das Publikum habe zwanzig Minuten lang applaudiert, und kurz darauf sei die Produktion zu einem Gastspiel nach Bukarest eingeladen worden, wo es zum Eklat gekommen sei. Das Ausländerproblem habe seinen Tribut verlangt. Wegen zu vieler politischer Anspielungen sei die Aufführung zwar nicht offiziell verboten worden – so etwas sei selten offen geschehen, es hätten meist und so auch diesmal einfach keine Vorstellungen mehr stattgefunden –, aber Giorgio habe das Land, in dem er schon ein Jahr lang gelebt habe, innert vierundzwanzig Stunden verlassen müssen.

Meine Frau ging im Herbst wieder nach Belgrad, wo sie den Winter hindurch an einer

Dramatisierung der *Philosophie dans le boudoir* des Marquis de Sade mitarbeitete – ohne zu ahnen, dass dieser Autor in ihrem Leben noch einmal eine Rolle spielen sollte –, und im folgenden Frühling konnte sie eine von ihr mitgestaltete *King Lear*-Aufführung des Nationaltheaters Bukarest ans RASSEGNA DEI TEATRI begleiten.

In der toskanischen Hauptstadt traf sie natürlich Giorgio wieder sowie Gian-Luca und dessen Frau Gigina, eine Journalistin, Buch- und Theaterautorin, die aus Turin angereist waren und sich, so meine Frau, liebevoll um sie kümmerten. Sie hätten herrliche Tage verlebt, es sei die Hippie-Zeit gewesen, überall habe man Musik gehört, Giorgio, Gian-Luca und Gigina hätten sie zum Kleiderkaufen und in Restaurants eingeladen, eine Party sei der andern gefolgt.

Nach zwei weiteren Gastspielstationen in Rom und Mailand reiste meine Frau erneut nach Belgrad und überzeugte die dortigen Theaterleute, Giorgio auf der Studiobühne des Nationaltheaters ein neues Stück von Gigina inszenieren zu lassen. Den Sommer verbrachte meine Frau in Bukarest, und im September begleitete sie die *Lear*-Aufführung ans BITEF-Festival in Belgrad, wo sie den Dramaturgen Zoran kennenlernte, den sie bat, sich des demnächst eintreffenden italienischen Regisseurs anzunehmen.

Im November neunzehnhundertzweiundsiebzig, so meine Frau, sei Giorgio dann zum ersten Mal in seinem Leben nach Jugoslawien gekommen, habe dort, in Belgrad, den Balkan und das balkanische Lebensgefühl wiedergefunden und das Land seither nie mehr verlassen. Er habe eine Schauspielerin, die Tochter eines Ministers, geheiratet und bald überall gearbeitet. Zwischendurch sei er nach Italien zurückgekehrt oder habe in anderen Ländern inszeniert, und auf diese Weise habe er die im Grunde damals relativ grosse Freiheit dieses Landes und gleichzeitig die Vorteile des Sozialismus, insbesondere im Fürsorge- und Kunstbereich, genossen. Alles, was man in Jugoslawien damals nicht habe tun dürfen – man denke heute (sie sagte das 1996) wohl mit Wehmut daran –, sei eigentlich gewesen, etwas gegen

Tito zu sagen. Sonst habe man praktisch jede Freiheit gehabt.

Weil die junge Frau, von der ich damals noch nichts wissen konnte, sich kurz zuvor in einen in Bukarest lebenden Mann verliebt hatte, verzichtete sie auf eine Mitarbeit bei der Uraufführung von Giginas Stück und sah Giorgio in der Folge nicht mehr. Vier Jahre später blieb sie auf einer Gastspielreise mit *Elisabeth Eins*, dem Stück eines jungen Amerikaners namens Paul Foster (ich lernte Paul zusammen mit seinem Freund Richard 1983 in New York kennen), für immer im Westen.

Giorgio hatte sich inzwischen, wie meine Frau von Freunden hörte, von der Ministertochter scheiden lassen müssen, weil eine andere Schauspielerin Zwillinge von ihm erwartete, und als der Dramaturg Zoran, der mit einer Französin verheiratet war und halb in Paris, halb in Belgrad lebte, in Belgrad eines Tages selber ein Stück inszenierte, lud er, in der Hoffnung, dadurch auch einen Regieauftrag in Paris zu erhalten, den Verwaltungsdirektor des TEP, des

Théâtre de l'Est Parisien, ein, sich seine Vorstellung anzusehen.

Dieser Mann, ein Bretone namens Eric de Villiers, sah sich bei der Gelegenheit aber auch eine Inszenierung von Giorgio an und lud dann nicht Zoran, sondern den in Jugoslawien lebenden Italiener für eine Arbeit nach Paris ein. Giorgio telefonierte daraufhin mit meiner Frau, die nach ihrer Emigration einige Jahre in Paris gelebt hatte, und bot ihr an, zusammen mit ihm und einem jugoslawischen Bühnenbildner *Mandragola* zu machen.

Der sonnige Oktobertag, an dem ich nach Paris fahren sollte, war ein Donnerstag, aber ich kam natürlich wieder nicht rechtzeitig von zu Hause los, so dass es bereits Nacht war, als ich endlich ins Auto stieg. Dafür hatte ich eine angenehme Reise mit wenig Nebel und wenig Verkehr und erreichte das Miethaus in Vincennes, wo meine Frau wohnte, schon nach sechseinhalb Stunden um halb drei Uhr morgens.

Sowohl meine Frau wie unsere Freunde, ein arbeitsloser Theateradministrator und eine etwa zehn Jahre jüngere, sich mal als

Schauspielerin, mal als Autorin, mal als Malerin durchschlagende kleingewachsene Pariserin mit einem kaum zur Ruhe kommenden Mundwerk, waren noch wach und erwarteten mich in der zigarettenrauchgeschwängerten engen Küche mit einem nächtlichen Festessen aus Foie gras, Austern, Krabben und Bigorneaus. Das Geburtstagsgeschenk, das ich, ohne ihr meinerseits ebenfalls eins überreichen zu können, von meiner Frau erhielt und sofort anprobieren musste, war ein langer dunkelgelber Bademantel aus einem gerippten, kordartigen Baumwollstoff.

Nach einem gegen ein Uhr eingenommenen Frühstück fuhr ich am Freitagnachmittag mit meiner Frau zum Theatergebäude an der Rue Malte-Brun zwischen der Place Gambetta und Paris grösstem Begräbnisplatz, dem Prominentenfriedhof Père-Lachaise, und lernte dort die beiden Leute kennen, die zusammen mit Giorgio und uns nach Venedig reisen sollten. Den Verwaltungsdirektor Eric de Villiers und seine Lebensgefährtin, eine Tschechin namens Milena, die bei der Machiavelli-Produktion als

Giorgios Assistentin fungierte. Beide waren etwa gleich alt wie Giorgio und ich, die Frau vielleicht etwas jünger, und sie gefielen mir in ihrer unkomplizierten Art sofort.

Eric stammte, wie ich später erfuhr, aus einer begüterten adeligen Familie, ein athletischer Typ, magerer als ich – magerer, als ich damals noch war –, aber ebenfalls mit einer Tendenz zum Rundlichen. Ein lichtes schwarzes Haargekräusel, das in der Mitte einer fortgeschrittenen Glatze auf der Stirn übriggeblieben war und in scharfem Kontrast zum Vollbart stand, der den Hals bedeckte, verlieh seinem Gesicht eine besondere Note.

Die Tschechin, deren feingeschnittene, hellhäutige Gesichtszüge von einem dunkelbraunen Lockenhaarschopf umrahmt wurden, war schlank und hatte neben ihrer Feminität auch etwas Burschikoses, das durch die Kleidung, die sie trug, eine braune Lederjacke, weisse Jeans, kurzschaftige, über die Hosenbeine ragende dunkelgraue Cowboystiefel, noch verstärkt wurde.

Einst Schauspielerin, hatte die Pragerin, die zu den Unterzeichnern der Bürgerrechtsbewegung Charta 77 gehörte, sich jetzt, nachdem sie der scharfen Repressalien und drohenden Strafprozesse wegen die Tschechoslowakei verlassen hatte, auf Regieassistenz verlegt, da ihr beim Sprechen des Französischen der Akzent zu schaffen machte. Ihr Sprachfluss war schnell, ein hartes Stakkato, und das auffallendste Merkmal war die Aussprache des französischen »u« als »i«, so dass sie zum Beispiel nie »tu sais« oder »tu vois« sagte, sondern meist »ti sais« oder »ti vois«.

Meine Frau und ich begaben uns mit den beiden zu einem Casse-croûte in ein kleines Bistrot, das die Theaterleute »Chez Gégène« oder »L'annexe« nannten (sein richtiger Name war »Café des deux Banques«, da es sich zwischen einer Filiale der CREDIT LYONNAIS und einer der BNP, der BANQUE NATIONALE DE PARIS, befand).

Im prätentiösen *Pub* an der Place Gambetta, so Milena, esse man nur »des steaks-frites dégueulasses« und »les frites-saucisses, croque-monsieur et cetera« im Café, das den Namen des Platzes trage, seien auch nicht appetitlicher – und erst dort erinnerte ich mich, dass ich als Student im Sommer neunzehnhundertachtundsechzig, in dem Jahr, das in Europa und in der Welt eine hoffnungsweckende Aufbruchsstimmung hervorgebracht hatte, mit einem Freund und einer Freundin für eine Woche nach Prag gefahren war und die Stadt genau zwei Tage vor dem völlig unerwarteten Einmarsch der sowjetischen Truppen und der Niederschlagung des sogenannten Prager Frühlings wieder verlassen hatte.

Gegen Abend besuchten wir zu viert noch zwei der rund vierzigtausend in Paris lebenden Rumänen, einen Theater- und Opernregisseur, der damals, nach der Scheidung von einer französischen Filmemacherin, mit einer Chemikerin und einem Papagei, den ihm der Schauspieler Jean Rochefort geschenkt hatte, in einem in den sechziger oder siebziger Jahren gebauten, von aussen hässlich anzusehenden Haus aus grauem Beton an der Grenze zwischen dem 18. und dem 19. Arrondissement wohnte und an diesem Abend als weiterer Waagemensch seinen Geburtstag feierte.

Giorgio lernte ich erst am folgenden Abend, dafür gleich doppelt, als Person und als in seiner Inszenierung materialisierten Geist kennen. Und beides, sowohl der Anblick seiner Erscheinung wie der des Geschehens auf der Bühne, versetzte mir einen Schock.

Etwa einen halben Kopf grösser als Eric und ich, wies Giorgios Figur zwar keine besonderen Merkmale auf, dafür erschreckte einen sein längliches Gesicht. Zwischen kurzgeschnittenem schwarzem Kopfhaar und einem kurz gestutzten schwarzen Vollbart sassen über einer Knollennase stechend bis durchdringend schauende schwarze Augen, von denen das linke extrem schielte.

Wegen der groben Formen hatte man das Gefühl, einen brutalen Menschen vor sich zu haben, wobei das Furchterregendste aber das extrem schielende linke Auge war. Sobald das Gesicht zusammen mit dem Körper in Bewegung geriet, änderte sich der Gesamteindruck jedoch, brachte das Zusammenspiel den

Charme und das Temperament des Mannes zum Ausdruck. Wenn der von schwarzem Haar umgebene Mund zu sprechen begann und die schwarzen Augen neben einem bösen, zornigen und wütenden auch einen lachenden, sanften, listigen und humorvollen Ausdruck annahmen und unzählige weitere Gemütszustände spiegeln konnten, war das Furchterregende verschwunden.

Voll zur Entfaltung kam das impulsive, aufbrausende, laute und herzliche Wesen des Italieners dann natürlich beim grossen Fest, das nach der Vorstellung in den Kellerräumen des Theaters stattfand und bis in die frühen Morgenstunden dauerte, einem Premierenfest übrigens im französischen Sinn. Denn in Frankreich findet das, was man im deutschen Sprachraum eine Theaterpremiere nennt, raffinierterweise gleich zweimal statt. Einmal als erste Vorstellung, die zwar *la première* genannt wird, dann aber auch noch als zweite Vorstellung, die, weil die Kritik sich erst diese ansieht, *la presse* genannt wird. Deshalb ist die zweite Vorstellung auch wichtiger und wird so gefeiert wie im deutschsprachigen Raum die Premiere.

Der Witz dabei ist, dass die französischen Kritiker auf diese Weise diejenige Vorstellung sehen, die auch im deutschen Theater meist die bessere ist. Die erste Vorstellung, die vor allem von Freunden der Mitwirkenden besucht wird, dient dagegen dem Abbau des Lampenfiebers sowohl bei den Schauspielern wie bei der Technik.

Die fast schockartige Überraschung, die ich erlebte, als ich die zweite Vorführung von Giorgios Inszenierung sah, wurde durch ihre Lebendigkeit und Vielfalt hervorgerufen.

Ich hatte damals noch die Haltung, dass mich Stücke, die vor der Erfindung der Atombombe entstanden sind, kaum mehr interessierten, und einen solchen Ausbruch an Vitalität im Theater in jener Zeit selten erlebt.

Auf eine selbstverständliche Weise wurden Grundbestandteile des menschlichen Wesens einbezogen, auch Deftiges, Grobes, Anzügliches, Obszönes, was nicht gleichbedeutend mit

Vulgärem ist, obwohl das heute oft in den gleichen Topf geworfen wird.

Und da das Wesen eines Menschen nicht immer – oder jedenfalls fast nie auf eine einfache Weise – seinem äusseren Erscheinungsbild entspricht, erhielt ich mit dieser ersten Inszenierung, die ich von Giorgio sah, gleichzeitig auch einen Eindruck von seinem Innenleben und seiner Sicht der Welt.

Für die Komödie seines florentinischen Landsmannes, in der es in immer noch aktueller Weise – Milena, meine Frau und ich sollten es bald erfahren – um Zivilisation und Barbarei, um Gewalt, Sex und Liebe geht, hatte er sich von meiner Frau Kostüme entwerfen lassen, die insbesondere, aber nicht nur, bei den weiblichen Darstellern viel nackte Haut liessen.

Deshalb hatte es mir, wie ich gestehen muss, schon vor der Vorstellung ein besonderes Vergnügen bereitet, in den Garderobenräumen mit EKTACHROME-Filmen, die zwischen 400 und 3200 ASA belichtet werden können, Kostümfotos fürs Archiv meiner Frau zu machen.

Das Bühnenbild, das ein damals siebzigjähriger, aus dem Grenzgebiet zu Rumänien stammender Jugoslawe entworfen hatte, zeigte in stilisierter und geometrisierter Weise einen kleinen Platz im Renaissance-Florenz. Eine Kirche, die von zwei hohen Häusern flankiert war – drei Gebäude oder vielmehr Gerüste aus rechteckigen und runden Formen mit vielen Fenstern, Türen, Treppen, Balkonen, Arkaden und Podesten, die sich dank einer ausgeklügelten Mechanik vor den Augen der Zuschauer immer wieder selbst umbauten und transformierten und dabei die verschiedensten Einblicke in das Innenleben der Häuser wie auch ihrer Bewohner bis hin zum Liebes- und Sexualverhalten boten. Eine Szenerie, die vor einem schwarzen Hintergrund hauptsächlich in hellen bis dunklen Grautönen gehalten war, mit dem überraschenden Charme des in der vorpostmodernen Zeit in Paris noch ungewohnt Unzeitgemässen und vielen Möglichkeiten für artistische und akrobatische Einlagen.

Die Handlung von *Mandragola* ist seit den griechischen und römischen Komödien, seit

Aristophanes und Plautus, bekannt. Ein Liebeshandel, in dem es die Gerissenheit der Liebenden gibt und den gefoppten Ehemann, der wunder wie gescheit zu sein glaubt und doch schon Hörner hat, noch ehe er sich an den Kopf greift. Nicia, wohlhabend, aber älter, kann mit seiner jungen Frau Lucrezia keine Kinder mehr zeugen, und die Zauberwurzel, die Abhilfe leisten soll, die Alraunwurzel Mandragola, auf Deutsch Springwurz, entpuppt sich in Wirklichkeit natürlich als die sprungkräftige Wurzel, die einem als Arzt auftretenden jungen Liebhaber schon von Natur aus angewachsen ist.

In den Figuren des Dieners, des Freundes, der Mutter, des Priesters und einer devoten Frömmlerin deckt Machiavelli aber auch die neuentstandenen Beziehungen in der Stadtgesellschaft auf – die bürgerliche Dummheit, die intellektuelle Widernatürlichkeit, das verräterische Verhalten der Kirche, das Lumpenproletariat, dessen Genie das Überleben ist.

Die Schauspieler gaben sich den verbalen und körperlichen Auseinandersetzungen mit grosser Lust hin und flogen ab und zu auch mal, flötend oder furzend, als Engel oder als Teufel durch die Luft. Zwei der jüngeren Männer, der Darsteller des Callimaco, Idealbild eines Jünglings, wie die Machiavelli-Zeit ihn im Papstsprössling Cesare Borgia verkörpert sah, und der des Nicia Freundes Ligurio, sind inzwischen tot. Der Callimaco Darsteller starb an Aids, der des Ligurio soll Selbstmord begangen haben. Und auch der Bühnenbildner hat sich, wie meine Frau kürzlich erfuhr, als er achtzig Jahre alt war, umgebracht. Er habe, wie das bei Homosexuellen oft der Fall sei, das Altern seines Körpers nicht ertragen und sich, während er Gäste hatte, vor deren Augen aus dem Fenster gestürzt.

Die eindrücklichsten Momente entstanden jedoch immer wieder dank einer kongenialen Musik, die ein Serbe, mit dem Giorgio befreundet war, speziell für diese Inszenierung komponiert hatte, Weltmusik, aus den atonalen und seriellen Gefängnissen befreit, die der Aufführung vorübergehend Opernintensität verlieh.

Wenn ich mich an die Aufführung erinnere, denke ich immer, dass Giorgio, von dem ich danach auch andere, mich weniger beeindruckende Inszenierungen sah, von seiner Herkunft und seinem Wesen her vielleicht ein beinahe idealer Regisseur für dieses Stück gewesen ist – für das Stück des florentinischen Politikers und Schriftstellers, den man heute fast nur noch als Meister der Staatskunst kennt und dessen Hauptwerk *Il principe* immer wieder als Handbuch tyrannischer Machtpolitik verkannt und missverstanden wird, in bisher schlimmster Weise zuletzt, vierhundert Jahre nach seiner Entstehung, von den Ideologen des italienischen und deutschen Faschismus, die damit den abgründigen Sumpfboden ihrer Macht- und Raubpolitik rechtfertigen wollten und ihre verbrecherische Willkür in euphemistischer Auslegung zur Dämonie der Macht verklärten.

II

Da wir alle nur wenige Stunden geschlafen hatten, kamen Giorgio, Eric und Milena am Sonntagmorgen nicht auf acht Uhr, wie abgemacht, sondern erst auf halb neun mit einem Taxi nach Vincennes. Und bis wir losfahren konnten, wurde es natürlich neun.

Geplant war, dass wir die tausendzweihundert Kilometer von Paris nach Venedig in etwa zwölf Stunden schaffen würden, so dass wir gegen acht Uhr abends in Venedig hätten eintreffen können, um uns danach, auf neun Uhr, zum Essen in Harry's Bar zu begeben.

Zu jener Zeit fuhr ich einen roten Citroën GS Break, den letzten Neuwagen, den ich mir gekauft hatte. Danach fuhr ich zwar weiterhin Citroëns, aber nur noch Occasionen. Diesen Wagen hatte ich gleich nach der Scheidung von meiner ersten Frau gekauft, fast ein Jahr bevor ich meine zweite Frau kennenlernte, und er war der erste, in den ich ein Autoradio mit Kassettengerät hatte einbauen lassen. Eine Kompensationshandlung, mit der, wie ich später erfuhr, auch andere Männer meines Alters ihren Scheidungsschock abzuschwächen versucht hatten.

Umso überraschter war ich deshalb, als nach nur zweieinhalb Stunden Fahrzeit der Motor des relativ neuen Wagens, mit dem ich bisher keinerlei Schwierigkeiten gehabt hatte, plötzlich zu stottern begann und kurz darauf ganz aussetzte.

Zum Glück reichte der Schwung der vollen Fahrt gerade noch aus, um uns auf eine nach ein paar hundert Metern folgende Autobahnraststätte rollen zu lassen.

Wir befanden uns einige Kilometer südlich von Beaune, auf der Aire, der das sogenannte ARCHÉODROME angegliedert ist, ein Dokumentationszentrum zur Ur- und Frühgeschichte, das ich noch nie besucht hatte. Zuvor hatten wir nach dem Verlassen des Bassin parisien auf der A6 bereits zwei Drittel des Burgunds durchquert – und vielleicht hätten wir diesen ersten Zwischenfall schon als ein nicht besonders günstiges Omen für die Reise ansehen sollen.

Autopannen sind in unserer Welt jedoch etwas Normales, eine Banalität, und deshalb taten wir das natürlich nicht. Unsere Welt ist eine Welt der Pannen, über die wir uns, auch wenn sie grössere Ausmasse annehmen, kaum aufregen. Sie erschrecken uns zwar manchmal kurz, können unseren tieferen, sich auf die Erfahrung von Hunderttausenden von Jahren stützenden Glauben aber nicht erschüttern: die Gewissheit, dass die Menschheit, wenn sie in schwierige Situationen gerät, immer einen Ausweg findet.

Da Sonntag war, konnten uns die Leute an der Tankstelle nicht helfen. Sie riefen einen auswärtigen Garagisten an, der Notdienst hatte – und ohne dass wir es wussten, begann damit das lange Warten auf Harry's Bar.

Mit weissen Pappbechern voll Kaffee setzten wir uns in der Nähe des Pannenfahrzeugs zwischen Drahtseilen voller bunter, im Wind flatternder Phantasiewimpel auf eine Metallkiste mit der Aufschrift BAC DE SABLE (es gibt Fotos, auf denen das zu sehen ist) und alberten herum, wobei sich die noch nicht abgeklungene

Festfreude des Vorabends mit der Vorfreude auf Venedig vermischte.

Als Eric erzählte, dass der Keltenfürst Vercingetorix, der ein Vorbild für die heute viel bekanntere Comicfigur Asterix gewesen sei, in dieser Gegend mit den unabhängigen Gallierstämmen gegen Cäsars Römerheer gekämpft und verloren habe – die Schlacht bei Alesia sei für die Eroberung Galliens durch die Römer die entscheidende gewesen –, sah ich einen Moment lang die aufeinanderschlagenden, sich mit Metall durchbohrenden, einander Glieder und Köpfe abtrennenden, festes, organisch gewachsenes, hochkomplex organisiertes Fleisch in spritzendes Blut und Brei verwandelnden, schreienden, schwitzenden, geifernden, irr blickenden Männer vor mir, und ich erinnerte mich, wie ich in der Schule erzählt bekommen hatte, dass den keltischen Helvetiern, die auf der Suche nach besseren Lebensbedingungen in eben diese südlichere Gegend, in der wir uns jetzt befanden, hatten auswandern wollen, bei der gallischen Stadt Bibrakte das gleiche Schicksal widerfahren war. Sie wurden von

Cäsar besiegt und gezwungen, als Untertanen des Römischen Reichs in ihre alte Heimat zwischen dem Jura und den Alpen zurückzukehren.

Was ich nicht gewusst hatte, von Eric nun aber erfuhr, war, dass die keltischen Gallier damals, indem sie Cäsar um Hilfe gegen die helvetische Bedrohung baten, bereits selber ihre eigene, ein paar Jahre später erfolgte Eroberung eingeleitet hatten.

»Womit«, meinte Giorgio, bevor er den Rest seines Kaffees austrank und den leeren Pappbecher mit einem Fusstritt ins Jenseits der Nützlichkeit irgendwo zwischen dem geteerten Boden und dem anschliessenden Rasen beförderte, »wieder einmal bewiesen wäre, dass der Starke, wie Schiller in eurem helvetischen *Wilhelm Tell* behauptet, am mächtigsten allein ist.«

Es dauerte über eine halbe Stunde, bis ein verrostetes Monstrum von Abschleppwagen auf der Raststätte eintraf. Dem unförmigen Gefährt, das zwar nicht aus der Vorkriegszeit, aber mindestens aus den fünfziger Jahren stammen musste und selber verdächtig abschleppreif aussah, entstieg ein hagerer Mann, der in seinem karierten Hemd, einer zerbeulten braunen Kordhose und einer schmuddeligen schwarzen Lederweste ebenfalls reichlich démodé wirkte.

Etwa sechzig Jahre alt, unrasiert, mit strähnigem, fettigem Haar, eine Zigarette im Mundwinkel, schaute der wortkarge Franzose sich den Citroën kurz an und hievte ihn dann mit einer motorbetriebenen Seilwinde auf sein Spezialfahrzeug. Die matten, fast glanzlosen Augen des Mannes hatten einen merkwürdig leblosen Blick, und ich hegte einige Zweifel, ob wir die Reise innert nützlicher Frist im reparierten eigenen Wagen würden fortsetzen können.

Was die genaue Ursache der Panne war, weiss ich nicht mehr – ich verstehe von Motoren nichts, so wie die anderen Mitreisenden auch –, doch ich erinnere mich, dass wir uns alle auf die breite Sitzbank in der Fahrerkabine setzten und durch eine Spezialabfahrt von der Autobahn herab bis zum Rand eines Dorfes fuhren, zu einem zwischen grünen Hügeln stehenden, vergammelten alten Reparaturwerkstattgebäude.

Alles in dem öligen, verrussten Gemäuer machte einen vorsintflutlichen Eindruck. Es war, als ob wir ins neunzehnte Jahrhundert zurückversetzt worden wären, an den Anfang des Industriezeitalters. Die Autos wirkten in dieser Welt wie Fremdkörper, wie Ufos, in denen Extraterrestrische die Milchstrasse erforschten. Ich hatte das Gefühl, mich in einer Erdhöhle zu befinden, in ein Zeitloch gefallen zu sein, mich in der unheimlichen Welt einer Zeitfalle aufzuhalten, aus der wir nie mehr würden herauskommen können.

Ich sah eine Felsenschmiede, in der ein Zwerg sich müht, ein Schwert zu schweissen, hörte Wagners aus Grübel-, Hort-, Ringmotiv und Schwertfanfare gebildetes Orchestervorspiel, sah Siegfried in Begleitung eines Bären, sah, wie er mit Notung, der Waffe seines Vaters, Mimes Amboss spaltet, sah, wie der hagere Garagist, der uns verlassen hatte, um bei einem Kollegen in der Nachbarschaft die nötigen Ersatzteile für die Reparatur des Citroën zu besorgen, zurückkehrte, wie seine Gehilfen und er mit ölverschmierten Gesichtern aus den dunklen Winkeln heraus auftauchten und sich unserer bemächtigten, wie sie uns in Ölfässer steckten und in Sickergruben versenkten, wie sie aus Autofriedhöfen Menschenfriedhöfe machten, wie aus Schmiedefeuern eisenstampfende Schredderanlagen wurden.

So schneidet Siegfrieds Schwert. Wir würden verschwunden bleiben, rätselhaft, alle Nachforschungen würden erfolglos sein, niemand würde je wieder etwas von uns hören. Nur wer das Fürchten nie erfuhr, schmiedet Notung neu.

Insgesamt kostete uns dieser erste Zwischenfall fast drei Stunden, und alles, was danach geschah, war – ohne dass wir das damals hätten wissen können – eine Folge dieses Zeitverlustes. Die im Zeitloch verlorene Zeit war nicht mehr gutzumachen. Sie kostete ihren Preis. Nur wenn wir umgehend auf irgendeine Weise in ein Zeitloch der Zukunft geraten wären, hätte sich die Sache möglicherweise wieder ausgleichen lassen.

Als der Wagen instand gestellt war, überdeckte die Vorfreude auf Harry's Bar jedoch wieder alles und nährte auch die Überzeugung, den nun folgenden Wettlauf mit der Zeit auf eine mehr oder weniger alltägliche Weise gewinnen zu können, und ich glaube nicht, dass ich weder zuvor noch danach eine so lange Strecke im Stil eines Rallyefahrers zurückgelegt habe.

Einzig eine tausendsechshundert Kilometer lange Irlandrundfahrt, zu der mich vor einigen Jahren ein Freund einlud, der sich damals in einem Künstlerzentrum im Norden der Republik aufhielt, lässt sich vielleicht damit vergleichen, nur dauerte diese Reise fünf Tage.

Auf der Autoroute du Soleil durchquerten wir den Rest des Burgunds und wandten uns bei Lyon den Alpen zu. Der Himmel war bedeckt, aber es blieb trocken, ein Umstand, der das schnelle Fahren ebenso begünstigte wie das weiterhin im normalen Rahmen bleibende Verkehrsaufkommen. Denn ein eventuelles Steckenbleiben in einem oder mehreren Staus hatten wir bei unserer Reiseplanung natürlich ebenso wenig eingerechnet wie eine Panne, einen Schlechtwettereinbruch oder gar eine Naturkatastrophe.

Wir fuhren durch Savoyen, an Chambéry und Annecy vorbei, dann war die Autobahn plötzlich zu Ende. Die noch bestehenden Lücken im Netz, die noch nicht vorhandene durchgehende Autobahnverbindung, waren ein weiterer Umstand, dem wir zu wenig Beachtung geschenkt hatten. Die Schneeberge, die in der Ferne in den Himmel ragten, sahen aus wie vereiste Wolken.

Auf der Autoroute Blanche, dem fast fertiggestellten Zubringer zum Mont Blanc-Tunnel, kamen wir wieder schneller voran, und auf dem noch verbliebenen Nationalstrassenstück vor der Tunneleinfahrt überliess ich das Steuer für kurze Zeit meiner Frau. Im Eifer des Fahrrausches, in den ich geraten war, ärgerte ich mich aber zu sehr darüber, dass sie im Gegensatz zu mir keine Überholmanöver mehr wagte, für mein Gefühl auch viel zu wenig schnell hinauf- und hinunterschaltete und die Lichthupe nicht genug einsetzte, so dass ich nach zwanzig Minuten das Fahren wieder selber übernahm.

Im Tunnel kam ich mir wie ein Projektil vor, das durch den Lauf einer Waffe, eines Gewehrs oder einer Kanone, fliegt, wie in einem Schusskanal, der durch den Stein verläuft. Die Fahrt durch das Aostatal hinunter gehörte der Dämmerung. In einer samtartigen tiefen Herbstschwärze ging es weiter durchs Piemont und die Lombardei, von nun an zum Glück ausschliesslich auf Autobahnen.

Zwischenhalt machten wir nur noch, um zu tanken, was, wie Giorgio fand, auffallend oft nötig war. »Combien d'essence mange cette bagnole française de merde?« fragte er immer wieder. Ich selber war durch das lange Fahren nicht mehr in der Lage, die Zeit und die Distanzen richtig einschätzen. Alles, was ich wollte, war, dass wir es schaffen würden, noch rechtzeitig nach Venedig zu kommen, bevor die Restaurants schlossen. Den erhöhten Kraftstoffverbrauch, ein nicht wegzudiskutierendes Faktum, schrieb ich dem schnellen Fahren zu, und mit einigen Zweifeln akzeptierte schliesslich auch Giorgio diese Erklärung.

Eric hatte nach dem Tanken in Frankreich einmal Sandwichs gekauft, die wir im Auto verzehrten, beim ersten Halt in Italien gab es einen Espresso. Den Appetit wollten wir aufsparen.

Als wir an Mailands Nordperipherie vorbeiglitten, hatten wir noch knapp dreihundert Kilometer vor uns und weiterhin die Hoffnung, so gegen elf in Venedig zu sein. Aber dann kam am nördlichen Rand der Poebene, irgendwo zwischen Bergamo und Brescia, der Nebel.

Die Wand, in die wir fuhren, war so dick, dass ich mit einigen kurzen Fussstössen eine Schnellbremsung einleiten musste. Danach, als wir in den weissen, das Scheinwerferlicht reflektierenden Wasserdampf eingedrungen waren, konnte ich beim besten Willen manchmal nur noch mit sechzig oder fünfzig Stundenkilometern weiterfahren. Und auch das nur mit einem mulmigen Gefühl in der Magengrube. Aber alles andere wäre zu gefährlich gewesen. Wir hätten mehr riskiert als das blosse Verpassen eines Abends in Harry's Bar.

Meine Frau ermahnte mich immer wieder, langsamer zu fahren, und obwohl der sich hartnäckig haltende Bodennebel ab und zu dünner und durchsichtiger wurde, schwand die Hoffnung, die wir bisher gehegt hatten, mit jeder neuen Wand, die vor uns auftauchte.

Je länger wir durch die auf die Erdoberfläche hinunterverlagerten Wolkenballungen vorstiessen, desto unheimlicher wurden sie mir, desto mehr regten sie meine Phantasie in unguter Weise an.

Die feuchtkalte Masse hatte das ganze Sein um unseren Wagen herum verschluckt. Der Verkehr war inzwischen ohnehin stark zurückgegangen, so dass wir fast nur noch das gedämpfte Rauschen des eigenen Motors vernahmen. Schatten, die im oszillierenden Weiss vor uns erschienen, hätten sich, obwohl ich unter normalen Umständen über so etwas gelacht hätte, plötzlich als irgendwelche Schreckenswesen entpuppen können, als schemenhafte Phantomgestalten, als körperlose, nach Beute Ausschau haltende Dämonen, als riesenhafte Gespenster, als aus dem Meer aufgestiegene Luftgeister, die nun, Opfer suchend, übers Land zogen.

Handkehrum löste der Spuk sich aber wieder in Nichts auf oder wurde vom weissen oder roten Licht realer Gegenstände verdrängt, von abgeblendeten Scheinwerferpaaren von Personenwagen oder gewaltigen Lastzügen, von normalen oder verstärkt leuchtenden Hecklichtern, von über uns im Leeren schweben den Schrifttafeln.

Es war, als ob wir uns in einem völlig abstrakten Raum bewegen würden, wie auf einem Blindflug, aber nicht von der Erde losgelöst, sondern im Kontakt mit ihr, in Verbindung mit den auf ihr stehenden und auf ihr herumfahrenden Gegenständen, nie wissend, ob etwas kommt, immer in dem Gefühl, da käme etwas, doch dann kommt nichts, oder es kommt etwas, aber etwas anderes, als man erwartet hat. Ich sah Massenkarambolagen von Hunderten von Fahrzeugen, Wracks von Bussen und Lastwagen, Autos, die in Flammen aufgingen, Feuerwehrmannschaften, Rettungshubschrauber, Notärzte, Verletzte, Tote.

Die Anspannung verstärkte die Müdigkeit exponentiell. Alles, was ich schliesslich noch denken konnte, war, dass ich körperlich und geistig durchhalten musste. Ohne dass es mir etwas ausgemacht hätte, war ich zu einer Art Automat geworden, dessen einzige Aufgabe das Durchhaltenmüssen war.

Das zog sich hin und hin und hin. Bis über Verona und Vicenza hinaus. Erst in der Umgebung von Padua löste sich die Nebelzone auf, und wir konnten, nachdem wir das Wolkenalptraumgewicht losgeworden waren, aufatmen und die noch verbliebene letzte Strecke, trotz der Proteste meiner Frau, mit einer über das zugelassene Höchstmass hinausgehenden Geschwindigkeit von hundertfünfzig Stundenkilometern zurücklegen.

In Mestre, dem Festlandteil Venedigs, verliess ich die von Turin nach Triest führende A4 und steuerte den Wagen an dem sich rechterhand ausbreitenden Porto di Marghera vorbei, dem wahnwitzig angelegten, weil nur durch die Lagune erreichbaren zweitgrössten Industriehafen Italiens.

Und auf dem hell beleuchteten schnurgeraden Damm, der die glatte, schwarze Fläche der

Laguna morta, des toten Lagunenteils, durchschnitt, dem *Ponte della Libertà*, schossen wir durch die klare, kalte Nachtluft dann auf die Lichter der zwischen Realität und Traum angesiedelten Stadt im Wasser zu.

Als ich den Wagen in einem der Parkhochhäuser an der Piazzale Roma, der Endstation für den Autoverkehr, abstellte, war es kurz vor Mitternacht.

Aus dem stundenlangen direkten Verbundensein mit einem Motor erlöst, empfand ich die Vorstellung, ein Automat gewesen zu sein, plötzlich wieder als erschreckend, so wie mir auch das Surren und Vibrieren unangenehm war, das in meinem Körper anhielt.

Die frische Luft auf dem leeren Platz vor dem Parkhaus belebte mein Denken aber wieder und liess den reinen Überlebenszwang, der eben noch wirksam gewesen war, nach und nach zurückweichen.

Giorgio führte uns zum nächstbesten Motoscafo, handelte mit dem Fahrer einen Preis aus, und schon überquerten wir den Canal Grande in Richtung auf den schräg gegenüberliegenden Hauptbahnhof, die Stazione Santa Lucia, wo wir das Boot kurz vor dem eleganten Ponte degli Scalzi wieder verliessen.

Die etwa hundertfünfzig Meter zum Hotel Union in der Lista di Spagna gingen wir zu Fuss. Giorgio und ich trugen je einen schweren Koffer, Eric und Milena hatten weniger Gepäck.

Beim Erledigen der Ankunftsformalitäten drängten wir den Portier zur Eile. Als der Mann hörte, was der Grund dafür war, erklärte er uns jedoch, dass in Venedig nach dreiundzwanzig Uhr keine Restaurants mehr geöffnet seien. Und als Giorgio Harry's Bar anrief, wo er schon Wochen zuvor für diesen Abend reserviert hatte, meldete sich dort tatsächlich niemand mehr.

Nervös und enttäuscht bezogen wir die Zimmer, die ein venezianischer Maler, den meine Frau von einer gemeinsamen Teilnahme am Theaterfestival Nancy her kannte, nach einem von Paris ausgeführten Telefongespräch für uns reserviert hatte. Da es im Hotel, das, wie wir gewünscht hatten, ein einfaches, billiges, aber korrektes Haus war, kein eigenes

Restaurant gab, machten wir uns anschliessend mit den Hungergefühlen, die sich angestaut hatten, trotzdem noch auf die Suche nach etwas Essbarem. Nach irgendeiner Pizzeria, die noch geöffnet war, einer Bar, einem Selfserviceladen, einer Würstchenbude oder sonst einem Stand, wo wir wenigstens noch ein Sandwich kriegen würden.

Es kommt mir in meiner Erinnerung vor, als ob wir durch ganz Venedig geirrt wären, aber an der Entstehung dieses Eindrucks war damals natürlich mein Erschöpfungszustand beteiligt – ein Zustand, der sich selber um keinen Preis akzeptieren wollte, der meine Wahrnehmung und Erinnerungsfähigkeit aber sicherlich beeinflusste und beeinträchtigte. In Wirklichkeit haben wir wohl nur die Brücke der Barfüssigen überquert und die Stadtteile San Polo und Santa Croce durchstreift, völlig vergeblich allerdings, da alles verschlossen und verriegelt war.

In dem Labyrinth aus Stein und Wasser war alles dunkel, kalt, unerbittlich, abweisend, feucht, nass, tot. Die Geschäfte waren mit Gittern gesichert, mit Rolladen verschlossen oder mit Brettern verrammelt. Ausser ein paar Katzen und einigen Ratten bewegte sich nichts in dem engen Gewirr der Calli. In der ganzen Stadt, die von ihrer Grösse her zwar keine Weltstadt war, durch ihre Einzigartigkeit aber Weltruf besass, schien es keine Lebewesen und nichts mehr zu essen zu geben. Es war, als ob wir in eine ausgestorbene Welt geraten wären, in eine verlassene Zivilisation, als ob wir durch eine Nekropole irren würden, als ob die Amphibienstadt sich in ein urzeitliches Monster zurückverwandelt hätte, das kaltblütig erstarrt dalag. Nie habe ich die abweisende Eigenschaft des Steins so stark verspürt wie in jener Nacht.

Ich bin, so scheint es mir, beim endlosen Gehen, das den Hunger noch vergrösserte, ein zweites Mal am gleichen Tag zu einer Art Automat geworden, zu einem nur noch ans Essen denkenden Gehautomaten, und während des Gehens muss ich mich plötzlich erinnert haben, dass es überall auf der Welt nachts wenigstens in den Bahnhöfen noch einen Zugang zu Nahrungsmitteln gab. Wenn schon nicht in einem durchgehend geöffneten Lokal, so doch bei einem irgendwo herumstehenden oder eingebauten Esswarenautomaten.

Die Stazione Santa Lucia war tatsächlich noch geöffnet und hellerleuchtet, aber drinnen war alles geschlossen, und wir fanden keinen einzigen grossen oder kleinen Automaten mit irgendetwas Kalorienhaltigem, nicht einmal einen Kasten mit Bonbons oder anderen Süssigkeiten.

Mein Hunger war inzwischen enorm. Ich spürte ein echtes, starkes Hungergefühl, wie ich es zuvor schon lange nicht mehr und auch danach kaum je wieder gespürt hatte. Und dieses Gefühl wurde mit jeder enttäuschten Hoffnung noch sprunghaft grösser.

Unsere letzte verzweifelte Hoffnung war das Bier, das, wie man weiss, auch eine Art Nahrung ist. Minibars hatten wir in unseren Zimmern keine, aber vielleicht würde der Portier uns ein paar Flaschen besorgen können.

Und wirklich: auf unsere Frage hin erklärte der freundliche Mann, dass wir im Empfangsraum bei seiner Loge ohne weiteres noch ein Bier würden trinken können, worauf wir uns alle erleichtert in die herumstehenden Sessel fallen liessen. Wenigstens so würde unser Hunger etwas gestillt werden. Denn auch der Trost, dass wir anstatt an diesem Abend, am nächsten Tag in Harry's Bar essen würden, hatte sich in Nichts aufgelöst. Harry's Bar war am Montag geschlossen, wobei die Frage, ob wir in ihr ohne eine tage- oder wochenlange Voranmeldung so kurzfristig überhaupt einen Tisch gekriegt hätten, nochmals eine ganz andere gewesen wäre.

Aber dann kam der Portier, der sich durch einen langen Gang entfernt hatte, wie wir schon von weitem sehen konnten, mit leeren Händen zurück und entschuldigte sich wortreich, dass leider gerade kein Bier mehr da sei. Wein habe er noch. Aber Wein, ohne etwas zu essen, wollten wir nun nicht mehr trinken, so dass wir uns alle, wie man so schön sagt, mit buchstäblich knurrendem Magen ins Bett legten.

Für meine Frau und mich gab es allerdings unverhofft doch noch eine kleine Linderung unseres Hungers. Denn beim Auspacken der Sachen, die ich für die Nacht brauchte, fand ich in meinem Gepäck einen Apfel, den ich für die

Paris-Reise hineingelegt und danach vergessen hatte. Wir teilten ihn, er schmeckte, wie ich fand, so gut wie schon lange kein Apfel mehr.

Von nun an, nahm ich mir vor, würde ich nur noch mit einem Grundnahrungsnotproviant von mindestens zwei Tafeln Schokolade reisen. Ich sagte das meiner Frau – und seither mache ich es auch so.

Dann überwältigte mich, erschöpft, wie ich war, die Müdigkeit, die sich seit der vergangenen Nacht aufgebaut hatte, und ich fiel in einen Schlaf, der, wie ich annahm, dank des unbelasteten leeren Magens tief und ruhig blieb.

III

Gegen elf Uhr machten wir uns am Montagmorgen ohne Frühstück auf den Weg zum Ristorante, das Giorgio als Ersatz für Harry's Bar gewählt hatte. Über unseren Köpfen hingen ein paar vereinzelte feine Nebelschleier, durch einen hellgrau leuchtenden Himmel drang aber bereits kraftvoll die Sonne.

Giorgio und Eric trugen die gleichen Jacken, in denen ich sie bisher noch nicht gesehen hatte: weisse, leicht ins Gräuliche hinein gebrochene, bis auf die Oberschenkel hinunterreichende, neu aussehende Kleidungsstücke aus weichem Tuch mit vielen Taschen, Achselklappen und hohen Kragen, die man früher, in unserer Kinderzeit, als Windjacken bezeichnet hätte, die nun aber wohl Sport-, Freizeit- oder Trekkingjacken hiessen, atmungsaktiv und sonst noch was waren. Ich nahm an, die beiden hatten dieses Modell während der wochenlangen Probezeit zu *Mandragola* auf einem gemeinsamen Strassenbummel in Paris entdeckt und voller Vergnügen gekauft.

Milena trug nicht mehr die braune Lederjacke, sondern einen dunkelblauen, wie Seide glänzenden, dick wattierten Lumber, dazu erneut die weissen Jeans und die Cowboystiefel.

Obwohl wir uns alle sympathisch waren, hatten sich neben den bereits vorgegebenen, eingespielten Beziehungen und Verhältnissen weder zwischen Milena und mir noch, soweit ich feststellen konnte, zwischen Milena und Giorgio oder zwischen Eric sowie Giorgio und meiner Frau irgendwelche erotischen Spannungen ergeben, was uns bis jetzt eine angenehm lockere Reiseatmosphäre verschafft hatte. Ein Umstand, den ich, da so etwas nicht oft vorkommt, als einen Glücksfall ansah.

Der Platz vor dem Bahnhof war mässig belebt, auf dem Canal Grande fuhren nur wenige Boote. Der Vaporetto-Anlegestelle Ferrovia gegenüber erhob sich auf der anderen Seite des Wassers ein alleinstehendes, nicht sehr altes, hässliches Haus, in dessen Erdgeschoss die CASSA DI RISPARMIO DI VENEZIA ihre *Agenzia No 9* hatte. Der Rest des Hauses war mit roten Fahnen bestückt und mit roten Transparenten behängt.

Die Hälfte des Verputzes der grauen Fassade war heruntergefallen, und neben einem riesigen rechteckigen roten Tuch mit gelbem Hammer, gelber Sichel, gelbem Stern und den Initialen P.C.I. war auf einem langen roten Band von weitem zu lesen: NO ALL'ESODO DA VENEZIA - CASE OCCUPATE.

Davon abgesehen herrschte ringsum die angenehm friedliche, ruhige Stimmung eines zögernden Wochenbeginns.

Giorgio bestand darauf, dass wir statt des Vaporettos wieder ein Wassertaxi nahmen – das Warten auf ein Linienboot der städtischen Verkehrsbetriebe wies er weit von sich –, und die Fahrt in dem eleganten, dunkelbraunen Holzmotorboot war natürlich alles andere als unangenehm.

Für die Zeit, die wir brauchten, um in zwei grossen Schleifen mitten durch die Inselstadt zu deren anderem Ende zu fahren, konnten wir den Eindruck haben, als stolze Besitzer eines eigenen Schiffs an dem sich links und rechts aus dem Wasser erhebenden Häuserwerk vorbeizugleiten, an Bauten, die direkt von dem tiefen Meeresgrund heraufzusteigen schienen, um sich dann über der Wasseroberfläche in verschiedensten Formen im Himmel aufzulösen.

Ins Abendland mischte sich das Morgenland, in die Rundbogen und Spitzbogen der Romanik und Gotik drang ein Arsenal von bizarren Ornamenten aus Vorderasien, wenige Bauelemente wiederholten sich in immer neuen Variationen zu einem gespiegelten Farben- und Formenreichtum. Hier, mitten in Europa, begann der Orient.

Aus der Not heraus geboren, war auf den aus einem seichten Wattenmeer herausragenden Kuppen eines Moränenrückens ein Machtzentrum entstanden. Schutzsuchende Flüchtlinge schufen das grösste historische Zentrum des Planeten. Ein Kunstwerk aus Stein, dessen Ausdehnung ein für alle Mal fixiert ist und von keiner Peripherie bedrängt, geschwächt oder aufgefressen werden kann.

Am Ende des Canal Grande, bei seiner Einmündung in die Laguna viva, den lebendigen

Lagunenteil, der durch die Öffnungen zwischen den Lidi mit dem Meer verbunden ist und von Ebbe und Flut in Bewegung gehalten wird, erschien auf dem letzten Stück des rechten Ufers hinter der pompösen Santa Maria della Salute Kirche die Dogana da Mar, das langgezogene ehemalige Zollgebäude, wo sich auf einem Türmchen eine Statue der Göttin Fortuna auf einer vergoldeten Weltkugel je nach Windrichtung einmal in diese und dann wieder in die andere Richtung dreht, während sich auf der linken Seite der innerste Kern des Machtzentrums näherte, der weissrosa leuchtende Block des Palazzo Ducale.

Gleich neben den vielfenstrigen Exkursionsbooten für Murano, Burano und Torcello, die in der Mitte vor den beiden alleinstehenden hohen Säulenschäften mit dem heiligen Theodor und dem geflügelten Löwen, dem ehemaligen byzantinischen Schutzheiligen und dem Wappentier der Stadt, auf Touristen warteten, verliessen wir das Motoscafo und gingen über die Piazzetta zwischen dem Dogenpalast und der Libreria Sansoviniana zur Piazza mit dem

Backstein-Campanile und der orientalisch prunkvoll glitzernden Basilica d'Oro, die Mark Twain einmal einen riesigen, warzenbedeckten Käfer genannt hatte, der sich auf einem besinnlichen Spaziergang befinde.

»Die besterhaltene byzantinische Kirche steht nicht in Istanbul«, sagte Giorgio, »sondern in Venedig.«

Jahrhundertelang sei hier eine nicht nur geduldete, sondern offiziell vorgeschriebene Raubpolitik betrieben worden. Durch ein Gesetz sei jedes venezianische Schiff verpflichtet gewesen, von seinen Reisen Kunstwerke und Reliquien als Tribut an San Marco mitzubringen. Deshalb sei unter dem überladenen Reichtum an byzantinischen, frühchristlichen und islamischen Stilelementen die ursprüngliche Struktur der Kirche auch kaum noch zu erkennen. »Eine Art Vorstufe für die spätere Kolonialpolitik und das heute die Welt beherrschende System, wenn man so will.«

Zwischen den verschmutzten Renaissancefassaden der Procuratie nuove auf der Süd- und der Procuratie vecchie auf der Nordseite überquerten wir die trapezförmige Piazza der Länge nach auf ihre nordwestliche Ecke zu.

Meine Frau sagt vom Markusplatz immer, dass er ihr nie wie ein Platz vorkomme, sondern wie ein riesiges Zimmer, dem die Decke fehle. Sie habe auf diesem Platz, wie sie sagt, nie das Gefühl, sich im Freien zu befinden, es komme ihr vielmehr so vor, als ob sie sich in einem angenehm grosszügigen Haus aufhielte. Und so gehe es ihr mit ganz Venedig. Venedig sei keine Stadt, sondern das Haus einer grossen Familie.

Dort, wo das Palais, das Napoleon auf der Westseite der Piazza hatte errichten lassen, mit den Procuratie vecchie zusammenstösst, drangen wir in ein Gewirr enger Gassen, und nachdem wir einige Häuserschluchten passiert hatten, standen wir in einer wieder etwas breiteren, mit Zementplatten versiegelten Strasse, der Piscina di Frezzeria, vor einer verblichenen, ockerfarbenen Fassade mit trübverglasten Fenstern, durch die Kunstlicht nach aussen drang.

Über einer eingerollten Sonnenstore waren auf der Höhe der Tür die ovalumrandete

Nummer 1665 und ein nicht beleuchteter, ganz aus Grossbuchstaben zusammengesetzter weisser Neonschriftzug angebracht: ALLA CO-LOMBA.

Im Gegensatz zum wenig einladend wirkenden Äussern empfing uns im Innern des Hauses eine unerwartete Helligkeit und Buntheit. Die Wände zweier grosser Räume waren von oben bis unten mit Bildern in jeder Grösse und jeder Stilart überhängt.

»Alles Originale«, sagte Giorgio. Sogar Picassos, Chagalls und ein paar Hundertwasser seien dabei. Das Lokal sei ein Treffpunkt für Künstler, Sammler und Kunsthändler, aber auch für Venezianer, die es zu schätzen wüssten, hier unter sich zu sein. Die Atmosphäre sei zwar nicht mit der in Harry's Bar vergleichbar, aber man esse hier ebenso gut, wenn nicht besser.

Neben den Bildern und einigen Regalen mit Obstkörben und metallenen Ständern für Öl-, Essig-, Salz- und Pfeffergefässe hingen noch unterschiedlich grosse Kupferpfannen an den Wänden, und auch von der Decke des Durchgangs zum zweiten Raum, in dem sich der für uns reservierte Tisch befand, hingen Pfannen herab.

Was wir im Bilderreigen des Ristorante alla Colomba genau assen, weiss ich nicht mehr, aber ich kann mir vorstellen, dass meine Frau als Secondo piatto ein Fritto misto di mare nahm und ich mich ihr anschloss. Denn meine Frau liebt dieses wirklich nur direkt am Meer essbare Gericht über alles, und in Venedig umfasst das in einen leichten, dünnen Teig getauchte und anschliessend in Öl gebackene Gemisch auch wirklich noch alles an Frischem, was das Meer hergibt, bis hin zur handtellergrossen Babyseezunge.

Giorgios kenntnisreiche Empfehlungen berücksichtigend, haben wir alle sicher Antipasti, Primo piatto, Secondo piatto und Dessert bestellt. Ich habe als Primo wahrscheinlich einen mit Poebene-Reis und Sepiatinte gekochten Risotto nero gegessen, und jemand von uns hat als Secondo vermutlich auch un fegato alla veneziana genommen. Die Nachspeise war für mich höchstwahrscheinlich eine Zuppa inglese, da ich einer solchen in guten italienischen Lokalen selten widerstehen kann.

Beim Aperitif – für mich vermutlich wie danach zum ganzen Essen ein Pinot Grigio aus dem Friaul – diskutierten wir nochmals über Machiavelli und kamen auch auf Goldoni und Gozzi zu sprechen.

»Indem er *Mandragola* bei der Uraufführung schon nach wenigen Vorstellungen verbieten liess, hat der Papst entscheidend zum Entstehen der Commedia Dell'Arte beigetragen«, meinte Eric. »Denn die Stegreifkomödie hat den evidenten und unbestrittenen Vorteil, dass sie dank der Improvisation sowohl dem Obskurantismus wie der Zensur ausweichen kann. Und hier in Venedig fand im achtzehnten Jahrhundert dann der grosse Zweikampf zwischen dem Verteidiger der Commedia Dell'Arte und dem Erneuerer des italienischen Lustspiels statt. Zwischen dem aus verarmtem venezianischem Adel stammenden Grafen Carlo Gozzi und dem sich an Molière orientierenden venezianischen Arztsohn Carlo Goldoni.«

Vom städtebaulichen Kunstwerk, in dem wir uns befanden, angeregt, erörterten wir während des Essens noch das Verhältnis von Macht und Schönheit. Warum ist Macht so oft mit dem Willen zur Schönheit gepaart? Benutzt die Macht die Schönheit nur, um sich selbst zu repräsentieren? Oder ist Macht bloss ein Mittel, um zur Schönheit zu kommen? Ist die Schönheit der Welt deren Ziel? Ist Schönheit eine Machtdemonstration gegen die Vergänglichkeit und gegen den Tod? Gibt es ein Urbedürfnis des Menschen nach Schönheit und Harmonie? Kann Schönheit gefährlich sein? Ist der Wille zur Schönheit stärker als der Wille zum Bösen? Ist das Schöne und das Gute dasselbe? Ist der heutige Hässlichkeitskult und Kult des schlechten Geschmacks nur ein tauglicher oder untauglicher Versuch, durch das Untergraben der Schönheit auch die Macht zu untergraben?

Die Speisen und der Wein, die uns vorgesetzt wurden, waren hervorragend, die Bedienung aufmerksam, zuvorkommend und freundlich, unsere Stimmung bestens.

Wir lachten mehrmals über unsere verzweifelte Essenssuche und Hungersnot am Vorabend, über die trostlose Atmosphäre im Bahnhof, über das Bier, das ausgegangen war, und freuten uns über den guten Ersatz, den wir für die geschlossene Harry's Bar gefunden hatten, vor allem wegen Giorgio und Eric, die an diesem Tag wieder abreisen mussten. Milena, meine Frau und ich wollten auf jeden Fall versuchen, am Dienstag das Harry's Bar-Essen noch nachzuholen.

Wir tafelten mit Genuss und Ausdauer. Zwischendurch begab sich meine Frau mal kurz zum Telefon und verkündete, als sie zurückkam, dass der Maler, der die Hotelzimmer für uns reserviert hatte, Alarico Basaglia, ein Cousin des berühmten Psychiaters, zum Kaffee zu uns kommen werde.

Um uns herum leerten sich die Tische, und als wir irgendeinmal nach zwei Uhr die Dessertkarte studierten und nicht auf die Umgebung achteten, stand neben dem Kellner plötzlich noch eine schlaksige, hagere Gestalt mit schulterlangem rotblondem Haar und einem spitzauslaufenden Vollbart an unserem Tisch.

Das Hornbrillengestell mit den runden Gläsern auf der spitzen Nase hatte fast die gleiche gelblichrote Farbe wie die Haare. Der magere, knochige und sehnige Körper steckte in einem hellblauen Hemd, einem dünnen hellbraunen Pullover, hellen Bluejeans und einer bequem aussehenden, locker herunterhängenden hellgrauen Wollstoffjacke.

Alarico war noch grösser als Giorgio und hielt seinen Kopf vielleicht deshalb leicht nach vorn geneigt. Die Unterhaltung mit ihm war ein Vergnügen, er sprach ausgezeichnet Französisch und war in einer trockenen, ironischen Art äusserst humorvoll. Er dachte schnell und argumentierte intelligent, wenn auch nicht so impulsiv wie Giorgio.

Man spürte bei den Italienern nicht nur die umfassende Bildung, die sie in guten Schulen erworben haben mussten, sondern auch die seit den Römern und Griechen weitergetragene und weiterentwickelte weltzugewandte Kultur, die nicht nur eine des Kopfes, sondern auch eine des Herzens und des Bauches ist.

Der Venezianer mit dem venedigroten Haar, das auf den Kieferseiten zu ergrauen begann, war etwa zehn Jahre älter als Giorgio und ich. Seine Füsse steckten, wie ich sehen konnte, als er sich zu uns gesetzt hatte, in dunkelbraunen Wildlederboots, aus denen schwarze Socken ragten, die nicht lang genug waren, um die unter den hochgezogenen Hosenbeinen erschienene weisse Haut der dünnen Unterschenkel zu bedecken.

Giorgio bestellte für alle Espressi und Grappa, und kurz darauf kam ein Fotograf mit einer Spezialkamera an unseren Tisch, dessen Produkt, ein Zündholzbriefchen mit zwei Sofortschwarzweissbildern als Umschlag, ich heute noch besitze. Unter jedem Bild steht SOUVENIR DI VENEZIA. Auf dem einen sind Milena und Alarico zu sehen, auf dem andern meine Frau und ich.

Gegen drei Uhr spazierten wir zusammen mit Alarico zur Piazza San Marco zurück, wo wir uns auf ihrer Südseite an zwei von der

Nachmittagssonne beschienene, aneinandergerückte, weissgedeckte Tische im Arkadenbogen vor dem Caffè Florian setzten und nochmals Kaffee und Grappa bestellten.

Über die nun stärker belebte, aber glücklicherweise immer noch nicht von Touristenströmen überflutete Fläche des Platzes hinweg sahen wir zum Caffè Quadri hinüber, das, wie Alarico erklärte, am Morgen von der Sonne beschienen werde und um diese Tageszeit im Schatten liege, und genossen die durch Macht geschaffene Schönheit, die uns umgab.

Milena zog sowohl den dunkelblauen Lumber wie den grauen Pullover mit V-Ausschnitt aus, den sie darunter trug. Sie sass auf dem zum Platz hinausgehenden Ende der geschnitzten Holzbank, in einem weissen T-Shirt, das von den weissen Jeans durch einen schwarzen Gürtel getrennt wurde und ihre mittelgrossen Brüste durchscheinen liess.

»Vom einstigen Weltreich, dem Imperium«, sagte Alarico, »sind nur die Folgen der Macht geblieben. Die noch vorhandene Schönheit, die Touristenmassen und die drohende ökologische

Katastrophe. Die Piazza ist ein Vergnügungsplatz geworden, der Palazzo Ducale mit seinen Wänden voller Tintorettos, Veroneses und Tizians, seinen Sälen zum Regieren, Richten und Zensieren ein Museum. Die Tauben, die alles verscheissen und mit ihrer weissen Kacke den allgemeinen Zersetzungsprozess beschleunigen, haben die stumpfsinnigen Österreicher mitgebracht, zusammen mit *Crafen* und *Chifelini* und ihrer Kaffeehauskitschmusik zum Weghören. Relikte einer fünfzigjährigen Besatzungszeit in biedermeierlicher Verschlafenheit. Jetzt haben wir jedes Jahr zweieinhalb Millionen Touristen für mehrere Tage und zehn Millionen Kurzbesucher. Das Meer überflutet die Stadt hundert Mal im Jahr, das Salz nagt an den Fundamenten, die Häuser sinken Zentimeter um Zentimeter tiefer ins Wasser. Die Einwohnerzahl hat sich seit neunzehnhundertsechsundvierzig um über die Hälfte auf fünfundsiebzigtausend verringert.«

»Und darum«, meinte Giorgio, während er das hohe Glas mit dem Grappa erhob, »sollten wir jetzt auf Goldoni trinken: Che dolce mestiere di non far niente!«

Meine Frau, deren Lieblingsjahreszeit der Sommer ist, fand, dass die Sonne, trotz des hellen Lichts und der Wärme, die sie verbreitete, bereits etwas Winterliches habe. Etwas, das ein endgültiges Ende der warmen Zeit in sich trage. Als Rumänin liebt sie die Hitze des Hochsommers, den Festlandsommer, der ihre Kindheit und Jugend prägte. Herbst ist für sie der kommende Winter, das Ende, der Tod. Die Herbstsonne, sagt sie, ist wie ein Freund, der dich verrät.

Ich hingegen liebe den Herbst, weil er Erfülltsein bedeutet. Ich liebe es, den Reichtum der Natur zu geniessen, mit den Augen, den Händen, der Nase und dem Mund.

Ich wäre gern noch länger in dem sonnenwarmen Steinbogen vor dem Caffè Florian sitzen geblieben, aber für Giorgio wurde es Zeit, sich auf den Weg zum Hotel und zum Bahnhof zu machen, um nach Belgrad weiterzufahren, wo er damals (1981, ein Jahr nach Titos Tod, als es das von diesem Mann geformte Jugoslawien noch gab) zu Hause war.

Selbstverständlich wollten wir den Freund, der uns nach Venedig und zu dem herrlichen Mittagessen eingeladen hatte, zum Zug begleiten. Auch Alarico kam mit.

Diesmal verliessen wir den Markusplatz durch das Bogengewölbe im Napoleonsflügel, und nachdem wir kurz darauf nach links in die Calle Vallaresso abgebogen waren, standen wir an ihrem Ende bei der Vaporetto-Anlegestelle San Marco wieder am Canal Grande. Rechts von uns das Hotel MONACO E GRAND CANAL und links die montags geschlossene Harry's Bar mit ihren Natursteinquadermauern und vergitterten Fenstern.

Um doch noch eine gemeinsame Erinnerung an das verpasste Abendessen zu haben, setzten Giorgio, Eric, Milena, meine Frau und ich uns dicht nebeneinander vor eines der Gitterfenster mit dem von einer gelben Doppellinie geformten grossen Namenszug und liessen uns von Alarico fotografieren. Giorgio umarmte Milena und Eric, meine Frau Eric und mich.

Alarico versprach, den beiden Frauen und mir zu helfen, am nächsten oder übernächsten Tag einen Platz in Harry's Bar zu bekommen.

Dann bestiegen wir auf Giorgios Anweisung ein Motoscafo, das eben ein amerikanisches Touristenpaar hergefahren hatte. Zu einem Essen wie dem, das wir genossen hätten, gehöre in Venedig, wie er meinte, als Vor-Vorspeise und als Nach-Nachtisch einfach das An- und Wegfahren mit einem Wassertaxi. Sonst könnte man ja auch anderswo auf der Welt essen gehen.

Giorgio, Alarico und Eric blieben beim Fahrer des langen Holzbootes stehen, ich setzte mich zusammen mit den beiden Frauen hinter dem gedeckten Mittelteil auf die Seitenbänke im Heck. Über das Dach hinweg konnten wir entweder die tonsurartig zum Vorschein kommende Hinterkopfhaut Giorgios sehen oder die Faxen, die er in übermütiger Freude und Lebenslust für uns schnitt.

Durch die leicht gewellte Wasserfläche glitten wir in umgekehrter Richtung zum zweiten Mal an den Fassaden voller Fenster und Säulen vorbei, an Balustraden, Gesimsen und Brüstungen, an Türgewänden und Portalen, an Rosetten und Masswerkrahmen, an Spitztürmchen und Zinnen. Vor den langen, ab und zu von Seitenkanälen unterbrochenen Häuserreihen, die in ihrer Höhe nur leicht variierten, ragten immer wieder die spiralförmig bemalten Pfähle und die mehr oder weniger verwitterten Holzpfosten zum Festbinden der Gondeln und anderen Wasserfahrzeuge aus dem Wasser.

In der ausgelassenen Stimmung, in die er sich hineingesteigert hatte, war Giorgio nicht mehr zu bremsen, er gestikulierte ununterbrochen, umarmte uns auf dem Weg zum Hotel und zum Bahnhof ständig und winkte uns auch noch aus dem Fenster des Zugs, der aus der Stazione Santa Lucia hinausfuhr, mit heftigen Armbewegungen zu, bis er aus unserem Gesichtsfeld verschwunden war, in Richtung auf Jugoslawiens Hauptstadt Belgrad zu.

Nachdem Giorgio uns verlassen hatte, stiegen wir über den Ponte degli Scalzi und drangen unter Alaricos Führung ins Sestiere Santa Croce ein. Unser Ziel war der Campo San Polo im anschliessenden gleichnamigen Stadtteil.

Dort wollte Eric nochmals versuchen, den Lebensgefährten seiner in Rom lebenden Schwester anzurufen, einen Venezianer, der im Stadtteil San Marco ein Haus besass und sich, wie Eric von seiner Schwester wusste, zurzeit in Venedig aufhielt, bisher aber nicht erreichbar gewesen war.

Der Bretone hatte etwas Sanftes, Freundliches an sich. In seinem Wesen gab es das Klare, Cartesianische, das Franzosen so oft haben, das bei ihm erstaunlicherweise aber auch das Pragmatische und Praktische umfasste. Er hatte keinerlei aristokratische Allüren, sondern schien die Vorstellungen oder Vorurteile, die durch seinen Namen geweckt wurden, mit dem Bart, den er trug, verdecken zu wollen. Seine Beziehung zur Tschechin Milena war nach aussen hin kühl, liess aber Verborgenes ahnen.

Alarico, der in der Nähe des Campo San Polo wohnte, kannte sich in dem Häusergewirr, das wir durchquerten, bestens aus.

»In Venedig«, sagte er, »ist die Alltagsmethode der Fortbewegung nicht das Bootfahren, sondern das Gehen. Die Trennung von Fussgänger- und Fahrverkehr ist selbstverständlich. Das Stadtleben ist so, wie wir es leben sollten. Es ist viel zu wenig bekannt, dass in den sogenannt normalen Grossstädten ganze sechzig Prozent des unbewussten Wahrnehmungsvermögens der Bewohner mit dem Problem des Überlebens befasst sind. Fähigkeiten, die man hier anderen Dingen zuwenden kann.«

Tatsächlich war das Gehen in dieser vom Menschen geschaffenen mineralischen Umgebung, aus der sowohl die tierische wie die pflanzliche Natur fast vollständig verbannt sind, eine Wohltat. Jedenfalls zu diesem Zeitpunkt noch. Ich genoss das Gefühl, nicht von einem Gittermuster monotoner Rechtwinkligkeit umgeben zu sein, sondern von einem Knäuel von Gassen und Wegen, von einer Vielfalt von Kurven und Ausbuchtungen, die mit keinerlei mathematischer Formel erfasst werden können.

Die Gebäude neigten sich in alle Richtungen. Die Mauern lehnten sich zurück, nach vorn oder zur Seite. Und immer wieder trafen wir auf unterschiedlich grosse, aber durchwegs hochgewölbte, den Schiffen die Durchfahrt ermöglichende Brücken. Auf Brücken mit breiten Stufen zu beiden Seiten, auf schmale, von Menschen wimmelnde Brücken, auf Brücken, die auf der anderen Seite direkt in einen Sotoportego übergingen, einen Laubengang, der um eine Hausecke herum dem Ufer eines weiteren Kanals entlangführte.

» Es gibt etwa vierhundert«, sagte Alarico zu Eric und mir, während wir hinter Milena und meiner Frau auf einen Kanalüberquerungsbau mittlerer Grösse stiegen. »Brücken aus Ziegelsteinen, Marmor, Eisen oder Holz. Mein Liebling ist natürlich nicht der Rialto oder die Seufzerbrücke, sondern der Ponte delle Tette, die Brücke der Brüste, hier in San Polo. Um die Busenbrücke herum mussten die Dirnen im sinnenfrohen Cinquecento auf Geheiss des Magistrats ihre entblössten Titten am Fenster zeigen. Denn im alten Venedig war es schick geworden, homoerotische Neigungen zu pflegen. Und mit seiner Massnahme hoffte der Senat, die jungen Männer wieder vermehrt dem weiblichen Geschlecht zuzuführen. Es gab damals elftausend Prostituierte. Und neben einer grossen Armut gab es, wie heute im Weltmassstab, einen so unverschämten Luxus, dass die Regierung sich gezwungen sah, um des sozialen Friedens willen auch da mit detaillierten Verordnungen einzuschreiten.«

Auf dem Campo San Polo setzten wir uns an einen der im Freien stehenden Tische einer Bar und tranken eine weitere Flasche Weisswein, einen Sauvignon aus dem Veneto oder der Provinz Treviso, den Alarico spendierte.

Aus der Pflasterung zwischen den Häuserfronten erhoben sich zu meiner Freude einige grosse Bäume, deren Laub sich noch kaum verfärbt hatte. Bäume sind in Venedig eine Seltenheit. Sie finden sich in grösserer Zahl nur in den Giardini ex Reali und den Giardini Pubblici.

Eric versuchte ein weiteres Mal vergeblich den Lebensgefährten seiner Schwester anzurufen, und nach dem er wieder zurückgekommen war, erzählte Alarico, dass der langgezogene Campo San Polo – der zweitgrösste Platz

Venedigs, aber der grösste Campo, Piazza gebe es nur eine, alle anderen Plätze seien ehemalige Felder, also Campos oder Campiellos –, dass dieser grösste Campo Venedigs bis Anfang des neunzehnten Jahrhunderts ein beliebter Schauplatz für weltliche und religiöse Feste, für Tierhatzen und Märkte gewesen sei.

Und noch während der venezianische Maler sprach, rief Eric plötzlich laut: »Riccardo!«, sprang auf und rannte zu einer Gruppe von Menschen, die sich von uns weg auf die östliche Seite mit dem mächtigen Palazzo Maffetti-Tiepolo zubewegte.

» Riccardo! Riccardo!« rief Eric immer wieder, bis sich ein Mann in der Gruppe umdrehte, einen Moment erstaunt stehenblieb, dann aber seine Arme ausbreitete und den auf ihn zueilenden Franzosen freudig an sich drückte.

»Das ist der Freund von Erics Schwester«, sagte Milena. »Riccardo Malino. Was für ein Zufall!«

Riccardo sei ein Kollege von mir, ein Theater- und Drehbuchautor, erklärte Milena.

Der Name Malino kam mir irgendwie bekannt vor, aber ich konnte ihn nicht einordnen. Er sagte mir etwas, verband sich jedoch, wie mir schien, weder mit dem Theater noch mit dem Filmbereich.

Trotzdem freute ich mich, einen Kollegen kennenzulernen, der nicht nur in Venedig wohnte, sondern, wie Alarico, ein echter Venezianer war. Alarico und Riccardo kannten sich, wie das unter Intellektuellen in einer Stadt üblich ist. Sie waren per du und schienen sich zu mögen, ohne dass sie allerdings, was man ebenfalls sofort sah, enge Freunde gewesen wären.

Riccardo, der es kaum fassen konnte, Eric und Milena so überraschend in Venedig zu sehen, schien ein offener Mensch zu sein. Umgänglich, jovial, kultiviert, und auf eine aggressivere Weise als Alarico auch witzig. Er trug einen eleganten, ich vermutete massgeschneiderten, grauen Anzug aus einem feinen, dünnen Stoff, ein farblich dazu passendes, etwas helleres graues Seidenhemd und eine mattglänzende schwarze Seidenkrawatte.

Zum untersetzten Körper passend – der Mann war etwa gleich gross und gleich alt wie Eric, hatte aber kaum irgendwo Fett angesetzt –, besass sein Gesicht allerdings etwas ausgesprochen Vierschrötiges, das durch die elegante Kleidung nicht wettgemacht werden konnte. Aber es könnte, wenn ich zurückdenke, gerade dieser Kontrast gewesen sein, der Gegensatz zwischen der körperlichen Erscheinung und der Art und Weise, wie er sich kleidete, der mich für ihn einnahm.

Keine Schönheit im Dressmen Stil, aber auch nicht so grob aussehend wie Giorgio, war er dem Florentiner vom Typ her trotzdem ähnlicher als dem feingliedrigen Alarico – wie diese beiden war jedoch auch er ein italienischer Kultur- und Genussmensch mit scharfer Intelligenz und umfassender Bildung.

In seiner vifen, in jedem Moment präsenten, draufgängerischen Art kam er mir wie ein italienischer Renaissance-Söldner vor, der bereit ist, für andere zu kämpfen und zu sterben, auch wenn er das bloss des Geldes wegen tut. Unwillkürlich erinnerte er mich an den Condottiere

Bartolomeo Colleoni, dessen Denkmal nicht weit von uns entfernt auf dem Campo San Giovanni e Paolo stand.

Meiner Frau und mir bot Riccardo sofort das du an, und nachdem der Franzose und die Tschechin ihm kurz unsere Situation erläutert hatten, machte er den beiden Frauen und mir spontan das Angebot, eine Woche lang in seinem Haus zu wohnen, da er noch an diesem Tag mit dem Nachtzug zu Erics Schwester nach Rom fahren werde.

Milena und meine Frau waren begeistert. Ich zögerte einen Moment, weil ich an die Arbeit dachte, die zu Hause auf mich wartete. Dann willigte ich jedoch ein, unseren Aufenthalt um einige Tage zu verlängern, denn wessen Traum ist es nicht, einmal mitten in Venedig kostenlos ein Haus zur Verfügung zu haben – zumal die Venezianer immer noch ihrer unausrottbaren Leidenschaft frönen, die Fremden auszunehmen, und für alles sündhaft teure Preise haben.

Die ohnehin schon gute Stimmung unserer Gruppe wurde noch besser, und ich bestellte eine weitere Flasche von dem Weisswein, den Alarico ausgesucht hatte.

Der kleine Alptraum, zu dem unsere Anreise ausgeartet war, schien sich in einen Glückstraum zu verwandeln. Die Entbehrungen und Frustrationen schienen nicht umsonst gewesen zu sein, sondern sich sogar gelohnt zu haben. Das Schicksal schien Wiedergutmachung und Kompensation in einem ungeahnten und unerwarteten Ausmass für uns bereitzuhalten.

Und wie um dem Ganzen noch die Krone aufzusetzen, lud Alarico uns alle – leider ohne Eric, der am Abend nach Paris zurückreisen musste, aber mit Riccardo, dessen Zug nach Rom erst um Mitternacht fuhr – zum Abendessen in ein Restaurant ein, das nicht weit von Riccardos Haus in der Nähe des Campo San Maurizio liegen musste.

Dann verabschiedete sich Alarico, da er, wie er entschuldigend erklärte, noch etwas zu besorgen habe, und Riccardo führte den Bruder seiner Lebensgefährtin und dessen Lebensgefährtin, meine Frau und mich ins Rialtoquartier, in eine jener einfachen, praktisch nur von

Venezianern aus dem entsprechenden Stadtteil besuchten Kneipen entlang des Canal Grande, in denen man früher, wie der Dramatiker auf dem Hinweg erzählte, den Seeleuten, kaum dass sie ein solches Lokal betreten hätten, kostenlos so viele verschiedene kleine Appetithäppchen hingestellt habe, wie sie nur wollten.

Alles, so Riccardo, seien das sehr leckere Sachen gewesen, ausnahmslos aber natürlich auch gehörig gesalzen und gewürzt, so dass die Männer, denen eben ihre Heuer ausbezahlt worden sei, umso mehr getrunken hätten und ihr Geld in der Folge umso leichter auch noch für andere Dinge auszugeben bereit gewesen seien.

Heute, so Riccardo weiter, bleibe man in diesen Kneipen am liebsten unter sich. Man sehe dort schon den Unbekannten aus dem benachbarten Sestiere nicht gern, geschweige denn die Touristen. Aber wenn wir mit ihm hingingen, sei das kein Problem. Denn ihn kenne man an den meisten dieser Orte.

»Im Übrigen«, sagte der Dramatiker, »stimmt es zwar, dass die Venezianer, ihren kaufmännischen Prinzipien entsprechend, nach allen Seiten hin offen sind und weder nationale noch religiöse Vorurteile kennen. Im Grunde ist Venedig jedoch, wie die meisten Häfen, ausländerfeindlich. Wenn der Anteil der Fremden eine gewisse Toleranzgrenze überschreitet, und das geschieht in Häfen permanent, ist das, finde ich, aber normal. Man darf die Menschen, das sollten wir vielleicht endlich lernen, einfach nicht überfordern.«

Ich muss gestehen, dass ich von nun an, weil Riccardo uns problemlos durch das enge Aderngeflecht aus Gassen und Kanälen zum Hauptnervenstrang der Stadt lotste und mich dabei ständig in Gespräche verwickelte, nicht mehr genau darauf achtete, welchen Weg wir nahmen, welche Namen die Calli, Callette oder Calleselle trugen oder welche markanten Merkpunkte die Umgebung bot.

Die Kneipe, in die Riccardo uns führte, lag jedenfalls, daran erinnere ich mich noch gut, irgendwo in einer schattigen, dunklen Nebengasse auf der San Polo Seite der Rialtobrücke und bestand aus einem grossen, schon lange nicht mehr renovierten, ziemlich kahlen Raum.

Die Tische waren mit bunt gemusterten Wachstüchern bedeckt, hinter einem langen Schanktisch prangte das obligate Regal voller Flaschen, in einer Ecke stand ein Ölofen, über dem sich ein langes, mehrfach gekrümmtes schwarzes Rohr der Wand entlang zog, bis es in einer anderen Ecke in der Decke verschwand.

Der Mann hinter der Theke und einige Gäste grüssten Riccardo. Der Dramatiker und sie schienen vertraut miteinander zu sein. Riccardo, Eric, Milena, meine Frau und ich blieben am Schanktisch stehen und tranken je ein Glas Weisswein, und da die Häppchen jetzt nicht mehr, wie früher üblich, unaufgefordert und gratis hingestellt wurden, bestellte Riccardo für uns einige Schälchen. In Öl eingelegte kleine salzige Fischchen, die man mitsamt den Innereien, den Augen und allem ist, Tintenfischstückchen, Käse- und Wurstwürfel, Fleischbällchen und Oliven.

Der venezianische Kollege, der ausgezeichnet Französisch sprach – und sich vielleicht auch deswegen in dieser Umgebung so freimütig äusserte –, schien, wie ich nun merkte, eine Schwäche oder, wenn man lieber will, eine gewisse Vorliebe für Klatsch und boshafte Bemerkungen zu haben, was bei Schriftstellern im Übrigen ja nicht ungewöhnlich und nicht einmal selten ist. Man könnte, im Gegenteil, sogar sagen, dass diese Eigenschaft bei vielen von ihnen geradezu einen Teil ihres Berufs ausmacht.

Zudem hatte Riccardo einen ähnlichen Sinn für Ironie, wie ihn, so glaube ich, auch meine Frau und ich haben. Ein Sinn, der für meine Frau und mich darin besteht, möglichst nichts von dem ernst zu nehmen, was im Leben nicht ernst genommen werden muss. Vor allem nichts von dem, was an Eitelkeiten die Welt beherrscht und was den grossen Wirbel verursacht, den die Menschen, von undurchsichtigen Zwängen getrieben, entwickeln, ohne dadurch das Glück zu erreichen, das sie zu erjagen hoffen. Vanitas vanitatum, et omnia vanitas.

Was Riccardo uns über das Leben am Canal Grande erzählte – »Venedigs Villengegend«, wie er sagte, »die sich heute fest in der Hand der wohlhabenden, sowohl italienischen wie internationalen Bourgeoisie befindet« –, hatte es jedenfalls in sich.

Grossmanager der benachbarten Industrie, ihre Anwälte und Richter, berühmte Architekten, mächtige Baumeister, Finanziers und reiche Künstler kämpften, so Riccardo, an der vier Kilometer langen Prachtstrasse um einen Blick aufs Wasser, auch wenn die Paläste-Pracht sinke und das Wasser stinke. Auch Alaricos Cousin, Franco Basaglia, der Erfinder der Antipsychiatrie, der vor einem Jahr an Gehirnkrebs gestorben sei, habe am Canal Grande gewohnt, und zwar im älteren Teil des Palazzo Mocenigo-Komplexes, des Wohnsitzes der einst wichtigsten Dogenfamilie, der einen langen Teil des Kanalufers auf der Höhe von San Tomà besetze.

»Die Wohnung war gross und karg, nur die Möbel erinnerten an die Vergangenheit Venedigs«, sagte Riccardo. »Aber an den Palazzi ist das vielleicht Wichtigste ja ohnehin die monumentale Grösse ihrer Räume: die fast überlebensgrossen, übermenschlichen Dimensionen, die allein den wahren Platz für die Entfaltung der Wunder des menschlichen Geistes bieten!«

Der schon zu Lebzeiten legendäre Psychiater, dem es gelungen sei, die gesetzliche Öffnung aller Nervenheilanstalten Italiens zu erreichen, habe zudem ein schönes Büro am anderen grossen Kanal, dem Canale della Giudecca, gehabt. Er sei ein grosser, freundlicher Mann gewesen, der Gesundheit ausgestrahlt habe und immer voller Tatendrang gewesen sei. Die Gesellschaft, so habe sein Credo gelautet, verursache die meisten geistigen Krankheiten, weshalb die Gesellschaft die Geisteskranken nicht in Anstalten sperren dürfe, sondern ihre Leiden mittragen lernen müsse. Und deshalb nenne man die seltsamen Gestalten, die nach ihrer Entlassung aus den Nervenheilanstalten nun mit Plastiktüten durch die Strassen der italienischen Städte irrten, auch »Basaglias Kinder«.

Im Palazzo Mocenigo sei schon der häretische, später auf dem Campo dei Fiori in Rom verbrannte Mönchphilosoph Giordano Bruno zu Gast gewesen, und der nach Liebesabenteuern gierende Lord Byron habe bei den Mocenigos seinen *Don Juan* geschrieben. Im siebzehnten Jahrhundert sei ein Adeliger, der sich in die als Gast im Palazzo Mocenigo weilende Ehefrau eines hohen britischen Hofbeamten verliebt habe, vom Hausherrn bezichtigt worden, Staatsgeheimnisse an die Ausländerin verraten zu haben, worauf er unschuldig verurteilt und hingerichtet worden sei.

Immer wieder seien Künstler aus aller Welt an den Canal Grande gekommen. Es gebe an diesem merkwürdigen Stück Wasser aber auch Paläste, die Unglück bringen.

Ein amerikanischer Maler, der zurzeit einen solchen Palast bewohne, werde zum Beispiel verdächtigt, zusammen mit einem griechischen Freund seine Ehefrau, die eigentliche Besitzerin des Palazzos, in Griechenland umgebracht zu haben. Beide Männer, so laute die Anklage, hätten die ältere Venezianerin in einem Landhaus eingemauert und die Zeit bis zu ihrem Ableben mit Segeln und Schwimmen zugebracht. Der Maler habe den Palast jedenfalls von seiner

Frau geerbt. Und nun seien die Wände des Hauses voll mit seinen extrem bunten Bildern, die an die mexikanische Volksmalerei erinnerten, für ihn, Riccardo, jedoch alle bedrückend und bedrohlich wirkten und eigentliche Todesbilder seien.

Das schönste, gleichzeitig aber auch unheilvollste Haus in Venedig sei der Palazzo Dario, ein schiefer gotischer Bau nahe der ebenfalls nicht geheuren Abbazia di San Gregorio, dem Kloster neben der Salute Kirche.

»Bereits zwei der Besitzer sind in der zweiten Hälfte dieses Jahrhunderts hintereinander in ihren Räumen ermordet worden«, erzählte Riccardo, in dessen Gesicht die Kunstlichtbeleuchtung der Kneipe einige pockennarbenartige Vertiefungen in der Gesichtshaut sichtbar machte, die ich bisher noch nicht wahrgenommen hatte. »Dann hat der Manager von THE WHO den Palast gekauft und bei einer *Warming up party*, zu der ich eingeladen war, seinen erstaunten Gästen in einem winzigen Umkleideraum neben seinem Schlafzimmer voll Stolz die Blutflecken seines von einem jugoslawischen Matrosen erstochenen Vorgängers gezeigt. Kurz darauf ist er wegen Drogenhandels zu zehn Jahren Gefängnis verurteilt worden, und nach einer Überweisung in eine Heilanstalt hat er Selbstmord begangen.«

Die nächsten Besitzer seien nach kurzer Zeit wegen Kokainpartys mit minderjährigen Mädchen im Knast gelandet, und der heutige Eigentümer, einer der reichsten Männer Italiens, auf dessen Sturz die Venezianer immer noch warteten, sei von der Familie seiner Frau eben von der Leitung ihres Konzerns enthoben und ausbezahlt worden.

In den dicht aneinander an beiden Ufern stehenden hundertfünfundachtzig Palästen oder palastähnlichen Bauten, so Riccardo weiter, finde auch der eigentliche Karneval der Venezianer statt, eine Vielzahl grosser Kostümbälle, deren Mottos etwa der amerikanische Süden vor dem Sezessionskrieg oder die Französische Revolution seien. Die Wiedereinführung des Karnevals auf den venezianischen Strassen, die der Lagunenstadt jedes Jahr eine schlimmere Überflutung bringe als die ärgste Acqua alta, sei eine unglückselige Erfindung der Hotelbesitzer und habe mit dem ursprünglichen, monatelang dauernden Karneval, der auch sehr grausame Aspekte gehabt habe, nichts zu tun.

»Im achtzehnten Jahrhundert«, sagte Riccardo, »hat sich am letzten Karnevalssonntag die feine Gesellschaft zum Beispiel im Hof des Dogenpalastes zur *Corrida Veneziana* getroffen. Ein Schauspiel, bei dem maskierte Mitglieder der Schlachterzunft mit Hilfe einer Hundemeute Jagd auf drei Stiere machten, die am Schluss enthauptet wurden. Und am Giovedi Grasso sind zur Erinnerung an den Sieg über den Patriarchen von Aquileja zwölf Schweine vom Campanile hinuntergestürzt worden. Und die Zünfte der Schmiede und Schlachter haben stellvertretend für den Bischof wieder einen Stier enthauptet.«

Daneben, so Riccardo, habe das, was heute ein quer durch alle Kulturen und Jahrhunderte rasendes Massenhappening sei, das die alterskranke Stadt regelmässig an den Rand des Erstickungstods bringe, den, wie er sagte, »herrlichen Damen und damenhaften Herren« in der einstigen Hauptstadt der Erotik aber natürlich auch gestattet, ihre wahren Neigungen auszuleben. Wobei das Eierspiel, das Bewerfen der lustwandelnden Damen von Welt mit Eiern, die man später galanterweise mit Rosenwasser gefüllt habe, im grossen Fest der Illusion und Doppelbödigkeit noch eine der harmlosesten Vergnügungen gewesen sei.

»Venedig ist wie der Kadaver einer schönen Frau in einem Plastiksarg«, sagte Riccardo. »Und die Touristen, die Amerikaner und Japaner, klettern nun auf dieser Leiche herum und schauen, ob sie nicht noch etwas Reizvolles an ihr finden können.«

IV

An die genaue Lage der Kneipe, in die Riccardo uns geführt hatte, kann ich mich nicht erinnern, auch ihr Name ist mir entfallen. Ich habe seither nie versucht, sie wiederzufinden, was mir ohne fremde Hilfe sowieso kaum gelungen wäre, es sei denn, durch Zufall.

Was ich noch weiss, ist, dass ich mich in der Atmosphäre des gealterten Raumes sehr wohl gefühlt und zu den verschiedenen Antipasti-Köstlichkeiten sicher zwei bis drei Gläser Wein getrunken habe.

Wie nahe bei der Rialtobrücke wir uns befanden, weiss ich ebenfalls nicht mehr. Allzu nahe kann es allerdings nicht gewesen sein, denn nachdem wir das Lokal verlassen hatten, standen wir, das sehe ich wieder deutlich vor mir, schon nach wenigen Schritten bei einer Traghetto-Anlegestelle am Kanalufer.

Die Traghetti, deren Existenz mir bis anhin unbekannt gewesen war, sind gondelähnliche Fähren, mit denen man den Canal Grande auch auf den langen Strecken zwischen den drei

Brücken überqueren kann. Früher habe es, wie Riccardo uns erklärte, zahllose solcher Fähren gegeben. Heute existierten nur noch wenige, was den Rhythmus der Stadt stark verlangsamt habe. Aber *today* gebe es in Venedig, im Gegensatz zum *Ottocento*, auch keine hundert Theater und kein entsprechendes Nachtleben mehr.

»Pronti! Avanti sempre!« rief der Fährmann, der die einsteigenden Personen, die unsicher wirkten, mit einem festen Griff seiner Hände am Ober- und am Unterarm festhielt, bis sie vom Ufer ins Boot gestiegen waren. Riccardo, der die Gondel mit dem geübten Tritt des Einheimischen betreten hatte, legte den erforderlichen Mindestfahrgeldbetrag für uns alle auf den Teller auf dem Bootsrand und blieb bei der Überfahrt stehen, wie das auch die anderen Venezianer taten, die mit uns ins Boot gestiegen waren.

Und so, im Stehen, erzählte mir der elegant gekleidete, pockennarbige Dramatiker, in einer gewissen Distanz zu Eric und den beiden Frauen, die sich auf die Seitenbänke gesetzt hatten, während die Fähre zum anderen Ufer übersetzte, zu meinem Erstaunen ganz freimütig von dem Theaterstück, das er als nächstes zu schreiben gedachte.

»*Der Witwenkongress* wird es heissen«, sagte er, »und die Protagonistinnen werden Frauen berühmter Schriftsteller sein, die sich einmal im Jahr an einem der schicken Orte dieser Welt treffen, um gemeinsam zu beschliessen, was in den nächsten dreihundertfünfundsechzig Tagen mit den Werken ihrer verstorbenen Ehemänner zu geschehen hat.«

Die ganze Zeit würden die Witwen Vermarktungsfragen diskutieren. Was darf aus welchem Nachlass veröffentlicht werden? Wessen Bücher sollen neu aufgelegt werden? Welche Biographien autorisieren wir? Welche Theaterstücke geben wir zur Aufführung frei, welche Inszenierungen müssen wir mit allen Mitteln verhindern, was gehört ernsthaft verboten, und welche Produktionen sollen mit dem rechtlichen Mittel einer einstweiligen Verfügung bloss interessant gemacht werden, um ihnen zu allfälligen Sensationserfolgen zu verhelfen? Was soll von welchem Regisseur mit welchen Schauspielern verfilmt werden? Welche Änderungen müssen an Drehbüchern vorgenommen werden? Wem soll von wem ein Denkmal errichtet werden? Wer soll wem ein Museum bauen?

Und zwischendurch würden die schrecklichen Damen einander natürlich auch immer wieder kleine, nur ihnen bekannte Geschichten aus dem Leben ihrer berühmten Männer erzählen. Intimes aus dem Schlafzimmer, Enthüllungen über ausgefallene sexuelle Praktiken und Vorlieben, Einzelheiten von Liebesabenteuern an den merkwürdigsten und verrücktesten Orten, Handfestes von Affären oder Bordellbesuchen und fiesen Seitensprüngen. Sie würden sich die peinlich formulierten Liebesbriefe und Liebesgedichte vorlesen, die ihre Männer für sie geschrieben hatten, und sich dabei von willigen Boys und Girls verwöhnen lassen.

Die Schauplätze des Kongresses würden die berühmtesten Orte und Hotels dieser Welt sein, Palm Springs, die Bahamas, Hawaii, das PLAZA und das WALDORF ASTORIA in New York, das NEGRESCO in Nizza, das COLONIAL in Bangkok, das OLD CATARACT in Assuan, das FAIRMONT AND TOWER in San Francisco, das SAVOY in London, das CIPRIANI hier in *good old* Venezia.

Einige Witwenlieferanten habe er schon ausgesucht, bei anderen müsse er die genauen familiären Verhältnisse noch recherchieren. Namen nenne er keine. Aus meinem Land sei jedoch Friedrich Dürrenmatt ein aussichtsreicher Kandidat, denn wenn dieser einmal sterbe, werde dessen Witwe, nach allem, was er bisher von der Frau gehört habe, sicher eine höchst interessante Figur abgeben, die er mit dem grössten Vergnügen in sein Stück einbauen werde. Was ich davon halte?

»Eine originelle Idee«, fand ich. Aber ob er denn nicht Angst habe, dass ich sie ihm klaue.

»Keineswegs«, meinte Riccardo lachend, während er auf das Ufer des Canal Grande zeigte, von dem wir uns entfernten. »Das kannst du gar nicht. Da drüben befindet sich gegen den Bahnhof zu das Haus der Schriftsteller. Und dort habe ich die Idee zu dem Stück schon lange schützen lassen!«

Auf der anderen Seite des Canal Grande, der San Marco-Seite, führte der venezianische Dramatiker uns nochmals in eine ziemlich versteckt gelegene Kneipe. Auch hier kannte man den Mann. Diesmal blieben wir jedoch nicht an der Theke stehen, sondern setzten uns an einen Tisch und tranken dort, von Riccardo erneut eingeladen, eine Runde Weisswein.

Der venezianische Kollege unterhielt sein dankbares, aus vier Personen bestehendes Publikum mit zusätzlichen Geschichten vom Leben am Canal Grande, und ich muss gestehen, dass ich von der Persönlichkeit des Mannes fasziniert war. Er schien ein brillanter Kopf zu sein, ein freier Denker und ein grosszügiger Gastgeber.

Auch an den Namen des Lokals, in dem wir uns jetzt befanden, kann ich mich nicht mehr erinnern, und auch dieses Lokal würde ich allein wohl kaum wiederfinden. Denn von nun an begann, wie ich zugeben muss, der *vino bianco* in immer stärkerem Ausmass seinen Einfluss auf mein Gedächtnis auszuüben. Mein Aufnahmevermögen, daran erinnere ich mich deutlich, funktionierte zwar immer noch erstaunlich gut und sprang von den unterschiedlichsten Dingen hin und her, war aber, wie es schien, nur noch auf kurzfristiges Speichern eingestellt.

Für die Rekonstruktion der Geschichte stellt daher nicht nur der zeitliche Abstand vom damaligen Geschehen eine Schwierigkeit dar, sondern, jedenfalls für den nun folgenden Teil, auch die Art und Weise, wie meine Wahrnehmung damals unter dem Einfluss des Alkoholkonsums arbeitete: in einer bestimmten, jedoch unmöglich nachvollziehbaren Weise selektiv und nicht mehr in allen Bereichen detailgetreu, später möglicherweise sogar mit Löchern.

Andererseits gibt es als Ersatz und Entschädigung für die verlorengegangenen Erinnerungsteile aber auch wieder Details und Bilder von überdeutlicher, übermässiger Klarheit und Eindringlichkeit, die unter normalen Umständen wohl nicht so hätten entstehen können und sich vielleicht auch nicht so stark ins Gehirn hineingefressen und eingebrannt hätten, dass sie für den Rest des Lebens nicht mehr zu verschwinden scheinen.

Von der San Marco-Seite führte Riccardo uns jedenfalls, daran erinnere ich mich genau, wieder auf die San Polo-Seite zurück, diesmal über die Rialtobrücke.

»Zwölftausend Ulmenstämme«, sagte er, während wir zwischen den Geschäften des gleichzeitig als Ladenstrasse konzipierten Bauwerks hindurchgingen. »Die *Wall Street* der Alten Welt hat einen ganzen Wald verschlungen. Und auch ringsum ruht alles auf im Wasser versunkenen toten Wäldern. Auf Millionen von Bäumen. Venedig lebt wie die Industriegesellschaft von riesigen Mengen toten Lebens. Energie, die durch Jahrmillionenräume hindurch entstanden ist, verpufft in kürzester Zeit. Des Ozeans Kind, seine Königin und an einem dunklen Tag, wie Shelley sagte, seine Beute.«

Beim Campo della Pescheria am San Polo-Ufer suchten wir für einen kurzen Thekenhalt eine weitere von Riccardos Lieblingskneipen auf. Die Frauen bestellten jetzt Kaffee, die Männer blieben beim *vino bianco*.

Dann wechselten wir mit einem Traghetto in den Stadtteil Cannaregio hinüber, wo der

Venezianer uns zu einem *Goodbye-Drink,* wie er sagte, für Eric, seinen inoffiziellen Schwager, zum vierten Mal in einen alten Schankraum einlud.

Als es Zeit wurde, begleiteten wir den Bretonen, der bedauerte, schon wieder nach Paris zurückkehren zu müssen, zum nicht mehr weit entfernten Bahnhof – wir hatten uns dem im Faschismusstil errichteten Gebäude mit jedem Kneipenbesuch bereits Stück um Stück genähert –, vollzogen den Abschied auf Wunsch der Frauen aber nicht bei den Zügen, sondern draussen auf dem Platz vor der Stazione und begaben uns anschliessend mit Riccardo ins Hotel Union, um unser Gepäck zu holen und die Rechnungen zu bezahlen.

In der Dämmerung durchquerten die Frauen und ich zum zweiten Mal an diesem Tag die Sestieri Santa Croce und San Polo. Riccardo ging schnell, und mit dem schweren Koffer, den ich tragen musste, hatte ich Mühe, ihm zu folgen. Ich begann zu schwitzen, und das ständige Brückauf-Brückab nervte mich. In der rasch zunehmenden Dunkelheit kam es mir vor, als ob wir wie gehetzt den Ausgang aus dem Labyrinth aus Stein und Wasser suchen würden, in das wir geraten waren, und ich erwartete jeden Augenblick, dem Minotaurus zu begegnen, jenem Ungeheuer mit menschlichem Körper und Stierkopf aus der griechischen Mythologie, das von den Verbrechern, Jünglingen und Jungfrauen lebte, die ihm vorgeworfen wurden.

Als der Himmel schwarz war, hatte Riccardo irgendwo in dem stockfinsteren Labyrinth plötzlich die Idee, dass wir unbedingt noch eine in der Nähe gelegene Kirche besichtigen müssten. Ein berühmtes Bauwerk mit berühmten Meisterwerken berühmter Maler zweifellos. Trotzdem fand ich, dass der Mann nun übertrieb. Mir hätte im Zustand, in dem ich mich befand, nicht nur diese Kirche, sondern das ganze christliche Inventar Venedigs gestohlen bleiben können. Ich war müde und hätte mich am liebsten sofort in irgendein Bett gelegt.

Da wir im Augenblick auf Riccardo angewiesen waren, konnte ich es mir jedoch nicht leisten, ihn zu brüskieren. Ich hatte keine Ahnung, wo wir uns befanden, wir hatten kein

Hotel mehr und gleichzeitig das versprochene Haus noch nicht.

Also taten wir, was Riccardo wollte. Ich schleppte den schweren Koffer die Stufen zum Eingangsportal hinauf, und wir sahen uns den spärlich beleuchteten Kirchenraum an, der, wie ich fand, wenn ich mich recht erinnere, stark nach Tod roch und dessen Wand- und Deckenbemalung sicher von einer eindrucksvollen, farbenprächtig-dunklen Schönheit gewesen sein muss.

Schliesslich war ich sogar froh, dass der verrückte Venezianer, dem man vom nachmittäglichen Trinken kaum etwas anmerkte, die Frauen und mich abermals in eine seiner Kneipen einlud, sobald wir wieder zum Canal Grande kamen. Denn so konnte ich etwas verschnaufen, mich abkühlen und den durch die körperliche Anstrengung zurückgekehrten Durst mit kaltem Weisswein stillen.

Mit dem Traghetto, dessen Anlegestelle sich dem langgezogenen Palazzo Mocenigo gegenüber in der Nähe der Vaporetto-Station San Tomà befand, überquerten wir den grossen

Kanal ein weiteres Mal, auf der anderen Seite beharrte der Dramatiker darauf, noch eine letzte Kneipe aufzusuchen, und erst dann führte er uns in sein Haus, wo ich endlich den im Verlauf der letzten Stunde schon zigmal verwünschten Koffer deponieren und wieder sich selbst überlassen konnte.

Riccardo Malinos Haus lag im Labyrinth der Gassen und Kanäle um den Campo San Maurizio, unweit des Gran Teatro La Fenice, Venedigs Opernhaus, das schon zweimal niedergebrannt und deshalb dem aus der Asche aufsteigenden Phönix gewidmet ist.

Ursprünglich, so Riccardo, der es nicht lassen konnte, uns über Venedigs Hintertreppengeschichten zu informieren, sei der Musikpalast in erster Linie ein Spielkasino und eine Hundertfünfzig-Logen-Liebeslaube des Geldadels gewesen, der ihn bewusst mit einer schlichten Fassade habe versehen lassen. Nach der alten Devise: Nur nicht auffallen, nach aussen Bescheidenheit vortäuschen, aber innen dafür umso mehr mit Prunk protzen.

Nachdem der Dramatiker die Tür geöffnet hatte, gelangten wir in den Eingangsraum mit einer Treppe, die in den ersten Stock führte. Zugänge zum Erdgeschoss gab es keine. Und auf Riccardos Drängen hin stellten wir unser Gepäck gleich hinter der Tür ab und machten uns, ohne den Rest des Hauses gesehen zu haben, sofort auf den Weg in die Gaststätte, in die Alarico uns eingeladen hatte.

Wieder kann ich mich weder an die Lage noch an den Namen des Lokals erinnern. Was ich noch weiss, ist nur, dass wir zum Glück nicht mehr weit gehen mussten und dass unser Ziel sich in einer Abfolge von Gassen befand, die beinahe wie Tunnel waren. Auf beiden Seiten der Schluchten verbreiterten sich die Häuser vom ersten Stock an nach aussen und stiessen in der Mitte des Raums über den Gassen fast zusammen, so dass man nur noch durch einen schmalen Schlitz bis zum sternenklaren Himmel hinaufsehen konnte.

Mitten im Venedig des zwanzigsten Jahrhunderts herrschte plötzlich die aus einer weit zurückliegenden Kindheit präsente, leicht bedrohliche, schaurig-wohlige Atmosphäre versteckt abgründiger Grimm-Märchen, die auch anhielt, als wir durch ein verwinkeltes Treppenhaus in eine mit Holz ausgekleidete, hellerleuchtete Gaststube im ersten Stock hinaufgestiegen waren, wo Alarico, der hagere, rotblonde Maler, uns an einem grossen Tisch in der Mitte des Saals erwartete.

Und wie im Märchen standen auf der klobigen Tischplatte vor uns bald auch die herrlichsten Speisen und wunderbarsten Gerichte. Als Glanzstück und *Pièce de résistance*, jedenfalls für meine Frau und mich, ein ganzer, mindestens zwanzig Zentimeter hoher Berg kleiner grauer Crevetten, eine Unmenge jener nur etwa anderthalb Zentimeter langen *Crevettes grises*, die meine Frau in Paris so gern isst, die zu schälen aber leider viel Mühe macht.

Hier, in dem Märchen-Ristorante, war der imposante Berg zu unserer Freude allerdings schon sauber geschält und mit Knoblauch gewürzt. Dazu servierte man optimal zubereitete, von ihrer Konsistenz her gerade richtige, feste

Schnitten einer wohltuend milden weissen Polenta.

Meine Müdigkeit war wie weggeblasen oder wie weggezaubert. Die mühsame Kofferschlepperei war vergessen. Plötzlich befand ich mich wieder in einer Hochstimmung, in einem Zustand der Euphorie.

Weisse Polenta assen meine Frau und ich an diesem Abend zum ersten Mal. Wir hatten bis dahin nicht gewusst, dass es das gibt, und waren begeistert. Wir haben die weissen Schnitten seither nie mehr vergessen, wie natürlich auch den Berg grauer Crevetten nicht, von dem meine Frau immer wieder schwärmt. Denn eine solche Menge von den kleinen Krebstieren in ausgeschältem Zustand haben wir seit damals nirgends mehr vorgesetzt bekommen.

Und auch in dem Märchen-Ristorante fungierte das Gericht, wie wir später erfuhren, in der Art, wie wir es vorgesetzt bekamen, nicht auf der Speisekarte. Die Ausschälarbeit war nur für den in dem Haus als besonderen Freund behandelten Alarico verrichtet worden. Sonst mussten die Gäste die mühsame Kleinarbeit selbst besorgen.

»Schalentiere ohne Schale«, sagte Alarico, während er mit seiner Gabel einige der nackten grauen Crevetten aufspiesste, »die sogenannten *Molecche,* bei denen das Ausschälen wegfällt, sind eine Lieblingsdelikatesse der Venezianer. Aber um die zu geniessen, müsst ihr einmal im Frühling kommen, wenn die Krebse ihre Panzer von sich aus ablegen.«

Im grossen Saal, der von schweren Balken dominiert wurde – sie zogen sich über die Decke und die Wände hinweg, einige durchschnitten als freistehende, vom Fussboden zur Decke hinaufreichende Stützbalken den Raum –, gefiel es mir noch besser als im *Alla Colomba* beim Mittagessen mit Giorgio, wobei ich nun fast nicht mehr glauben konnte, dass das am gleichen Tag und nicht schon einige Tage zuvor gewesen war.

Inzwischen waren wir alle, wie man auf Französisch sagt, aber auch schon ziemlich *pétés,* denn zum Essen tranken wir natürlich erneut Weisswein.

Alarico freute sich, mit meiner Frau nach so vielen Jahren wieder gemeinsame Erinnerungen auffrischen zu können. Er sass oben am Tisch, meine Frau zu seiner Rechten, Milena zu seiner Linken. Riccardo sass neben Milena, ich neben meiner Frau.

Und dann geschah etwas, das alles änderte.

Es war nichts Spektakuläres, sondern etwas ganz Alltägliches, Unscheinbares. Ein Satz, der gesprochen wurde. Eine Information, die weitergegeben wurde. Eine Mitteilung, die gemacht wurde.

Als ich von einem Besuch der Toilette im Erdgeschoss wieder die Treppe hinaufstieg, kam mir von oben meine Frau entgegen und sagte, dass Milena sie gebeten habe, sie unter keinen Umständen mit Riccardo allein zu lassen, da dieser sie, schon seitdem Eric uns verlassen habe, sehr bedränge, und das auf eine höchst unangenehme Weise, so dass sie Angst habe.

Da ich bisher überhaupt nichts in der Art bemerkt hatte, bewirkte diese Mitteilung bei mir eine schockartige Ernüchterung, obwohl der Einfluss der bereits konsumierten Alkoholmenge damit natürlich nicht auf einen Schlag vollständig aufgehoben gewesen wäre.

Auch meine Frau sagte, dass ihr an Riccardos Verhalten bisher nichts Besonderes aufgefallen sei, aber dass ich mich trotzdem etwas zusammennehmen solle, da die Sache sicher ernst sei. Ich solle beobachten, was passiere. Denn Milena hätte ihr sonst, wenn sie die Lage nicht als gefährlich ansehe, sicher nichts gesagt.

Dann begab sie sich auf die Toilette, und ich kehrte an den Tisch zurück, verwirrt, da der venezianische Dramatiker mir sympathisch erschienen war.

Ich war erstaunt darüber, dass ich mich in dem Mann vollständig getäuscht haben sollte, dass ich ihn faszinierend gefunden hatte. Ich war wütend, dass ich mich von ihm anscheinend hatte narren lassen, ärgerlich über meine Fehleinschätzung seiner Person, mein offensichtliches Fehlurteil, und ich war nervös, weil ich dem Venezianer nun nicht mehr unbefangen begegnen konnte, sondern vorsichtig sein musste, damit er nicht merkte, dass meine Frau und ich etwas gemerkt hatten.

Obwohl oder gerade weil ich die Tatsache, dass ich ihn spontan sympathisch gefunden hatte, nicht einfach zum Verschwinden bringen konnte, begann ich den Kollegen von einer Sekunde auf die nächste anders zu sehen. Kleinigkeiten seines Gehabens, die mir bis jetzt nicht aufgefallen waren, sein merkwürdiges, wie ich nun eindeutig diagnostizierte, hinterhältiges Lächeln, gewisse Redewendungen, die er brauchte, nervten mich plötzlich, und ich ärgerte mich mehr und mehr über die Abhängigkeit, in die Milena, meine Frau und ich uns von ihm begeben hatten.

Es bestand die Gefahr, dass meine Euphorie in eine Aggression hätte umschlagen können. Mein einziger Trost war, dass der Mann noch in der gleichen Nacht aus Venedig abreisen und dass es bis dahin zum Glück nicht mehr lange dauern würde.

Ich versuchte zwar, mich weiterhin so gelöst wie zuvor zu geben und mit ironischen Zwischenbemerkungen die Stimmung, die bisher geherrscht hatte, aufrechtzuerhalten. Aber im Zustand, in dem ich mich befand, fiel mir das, wie man sich vorstellen kann, nicht gerade leicht. Denn einerseits war ich, was ich nicht abstreiten kann, schon ziemlich betrunken, andererseits aber auch schockartig ernüchtert. Und gleichzeitig musste ich, damit von meinem inneren Wandel nichts auffiel, natürlich weiter trinken, obwohl ich mich dabei, so gut es ging, zurückzuhalten versuchte.

Bald liess mich der Zorn über das bedrängende Gefühl, auf die verschiedenste Weise in eine Falle geraten zu sein, allerdings wieder vermehrt zum Weisswein greifen, wobei mir die Aussicht, dass der Venezianer, der sich vor meinen Augen wie in Zeitraffergeschwindigkeit veränderte, bald von der Bildfläche verschwunden sein würde, natürlich eine willkommene Ausrede und Entschuldigung lieferte.

Ob mir die Täuschung, die ich beabsichtigte, bei den widersprüchlichen Gefühlen und Gedanken, die sich in mir bekämpften, gelungen ist, weiss ich bis heute nicht. Zweifel meldeten sich jedenfalls schon rasch.

Denn als ich ein zweites Mal die Toilette im Erdgeschoss aufsuchte und danach wieder die

Treppe hinaufstieg, kam mir Riccardo entgegen. Freundlich lächelnd, aber, wie mir schien, auch hinterhältig.

Und als er sich auf der gleichen Höhe wie ich befand, packte mich der Dramatiker blitzschnell mit einer unglaublichen Kraft an meinem rechten Ober- und Unterarm, so dass ich für einen Moment vor Schreck wie gelähmt war.

Ich versuchte natürlich auch jetzt, meine durch den Überraschungseffekt ausgelöste Angstreaktion zu überspielen, indem ich mich bemühte, überhaupt kein Anzeichen irgendeiner Reaktion zu zeigen. Ich wollte die Lähmung einfach vorbeigehen lassen, um danach selber ebenfalls möglichst selbstverständlich zu lächeln.

Das maskenhaft verzerrte Gesicht des Venezianers, ich konnte jede der groben Poren seiner Haut erkennen, befand sich ganz nahe dem meinen, und einen Augenblick lang durchzuckte mich der Gedanke, ob der pockennarbige Mann vielleicht schwul oder bisexuell sei. Dann verwarf ich den Gedanken aber wieder.

Handelte es sich bei dem Überfall, fragte ich mich, einfach um einen Scherz unter Freunden, oder hätte es sein können, dass ich möglicherweise nicht mehr so sicher auf den Beinen gewesen war und vielleicht einen Moment lang leicht geschwankt hatte, so dass der Mann mir mit dem Festhalten nur hatte helfen wollen?

Was mich am meisten erstaunte, war jedenfalls die enorme, fast unheimliche Kraft, die der Dramatiker, der mich, wie mir schien, mit einer geradezu diabolischen Freude eine ganze Weile festhielt, in den Händen und Armen hatte.

Dann hatte ich genug von der Situation. Und um dem Mann zu beweisen, dass auch ich nicht gerade ein schwächliches Leichtgewicht bin, setzte ich meinerseits zu einer plötzlichen, ruckartigen Befreiungsaktion an, deren Ziel es war, den Venezianer in einer Umkehrung der Rollen mit einem möglichst harten, in der Wirkung, wie ich hoffte, einem Schraubstock vergleichbaren Griff festzuhalten.

Der Erfolg meiner Aktion bewirkte, dass Riccardo sich sofort entspannte und wieder normal lächelte, so dass ich ihn kurz darauf losliess, worauf das chamäleonartige Wesen sich, wie wenn nichts geschehen wäre, von mir wegdrehte und in lockerem Schritt den Rest der Treppe hinunterging.

V

Vermutlich gegen dreiundzwanzig Uhr, als das Ristorante sich zu schliessen anschickte, bezahlte Alarico, der generöse venezianische Maler, der in meinen Augen inzwischen auf bedingungslose Weise die Rolle übernommen hatte, die Riccardo zuvor zu spielen vorgab, die Rechnung für alle. Ihm mit Umarmungen dankend, verabschiedeten die Frauen, der venezianische Dramatiker und ich uns von dem sympathischen Mann und gingen den kurzen Weg zu Riccardos Haus zurück.

Statt mich, wie erhofft, zu erfrischen, schlug mir die kühle Nachtluft zu meiner Überraschung jedoch schon nach wenigen Schritten jäh eine bleierne Müdigkeit in den Körper und in den Geist. Eine Müdigkeit, wie ich sie bisher noch kaum je verspürt hatte. Ein beängstigend lähmendes Gefühl, im Vergleich zu dem die Müdigkeit, die das Kofferschleppen bewirkt hatte, nichts gewesen war.

Ich konnte meine Glieder fast nicht mehr bewegen, sie hingen tonnenschwer an mir herunter. Die kleinste weitere Belastung wäre zuviel für mich gewesen. Jeder Punkt meines Körpers war hypersensibel, die geringste Reizung hätte irgendeine letzte, unkontrollierte, sowohl für die Umwelt wie für mich gefährliche Reaktion hervorrufen können.

Plötzlich musste ich, wie es schien, nicht nur die Müdigkeit tragen, die durch die Ereignisse der letzten Tage verursacht worden war – die nächtliche Fahrt nach Paris, die Premierenfeier im EST PARISIEN, die turbulente Reise nach Venedig, das unmässige Essen und Trinken in der Lagunenstadt, die Anstrengung des Sichverstellens –, ich schien nicht nur diese Müdigkeit, sondern die Müdigkeit der ganzen Welt tragen zu müssen.

Es kam mir vor, als ob ich schon Wochen und Monate lang ruhelos unterwegs gewesen sei, auf Irrfahrten kreuz und quer durch Europa, und der einzige Gedanke, zu dem ich noch fähig war, war: schlafen, schlafen, schlafen.

Wie Riccardos Wohnung aussah, weiss ich deshalb nur noch vage. Am oberen Ende der Treppe folgte, glaube ich, ein kurzer Gang, auf dessen linker Seite eine Tür in einen Raum führte, der Milena zugewiesen wurde. Und am Ende des Gangs gelangte man in eine grosse Wohnküche, auf deren rechter Seite sich das Schlafzimmer anschloss, das für meine Frau und mich bestimmt war.

Die Wohnung war perfekt renoviert, und alle Räume, die wir zu sehen bekamen, waren weiss gestrichen. Überall hing, stand und lag moderne Kunst. Eine angenehme, komfortabel scheinende Wohnung, in der ein einwöchiger Aufenthalt zweifellos ein Vergnügen hätte sein können.

An schöne Ferientage und an die Grosszügigkeit des Angebots meines Schriftstellerkollegen konnte ich jetzt aber nicht mehr denken. Ich konnte gar nichts mehr denken. Alles, was ich undankbarerweise noch wollte, war, dass der Hausbesitzer so schnell wie möglich aus dem Haus verschwinden würde.

Dieser, ganz Hausherr, schien jedoch nicht mehr an seinen Zug nach Rom zu denken, sondern zeigte uns noch äusserst genau, wie die Wohnung funktionierte und woran wir alles zu denken hätten. Vor allem mit den Kunstwerken sollten wir, was er uns wirklich nicht extra hätte sagen müssen, höchst sorgfältig umgehen, wobei er insbesondere eine mich unbeeindruckt lassende kleine Plastik hervorhob, die Picasso eigens für seinen Sohn aus erster Ehe angefertigt habe.

Die Devise, die der venezianische Dramatiker im Zusammenhang mit dem Gran Teatro zitiert hatte – »Nur nicht auffallen, gegen aussen Bescheidenheit vortäuschen, aber drinnen, wenn man unter sich ist, dafür umso mehr protzen« –, schien auch für ihn Gültigkeit zu haben. Er wollte mit seinen Erklärungen zu keinem Ende kommen, so dass ich, wie ich glaube, auch aus meiner neuentstandenen Ablehnung seiner Person immer weniger ein Hehl machte.

Aber mein Gedächtnis funktioniert, was diesen Teil der Geschichte betrifft, wie gesagt, nicht mehr so zuverlässig. Nur, wann tut das

Gedächtnis dies überhaupt, und wann ist die Erinnerung je präzise?

Irgendwann vor zwölf Uhr muss Riccardo dann, damit er den Mitternachtszug erreichen konnte, doch noch weggegangen sein, und ich liess mich, vollständig angekleidet – vielleicht zog ich noch die Krawatte aus, das Jackett hatte ich schon zuvor abgelegt –, im Hemd, in der Hose und auch mit den Schuhen, die ich mit den unteren Teilen der Beine über den seitlichen Rand hinaushängen liess, Gesicht voran aufs Bett fallen.

Ich muss, wie ich annehme, sofort eingeschlafen sein. Aber plötzlich wurde ich wieder aus dem Nichts herausgerissen. Meine Frau stand neben dem Bett und gleich darauf neben ihr, wie eine Erscheinung, auch der graugekleidete Riccardo

Ich wusste nicht, wo ich war und was geschah. Ich wusste nicht, warum der graugekleidete Mann nicht weg war. Er kam mir wie ein Wiedergänger vor, ein Toter, dessen Seele keine Ruhe findet. Ein Monster in einem

Horrorfilm, das, wenn man glaubt, es sei endlich tot, noch einmal völlig überraschend zupackt.

Ich sah ein ekelerregendes, von einem triumphalen Grinsen verzerrtes, mephistophelisches Gesicht, in dem die Hinterhältigkeit nun ebenso klar erkennbar war wie eine sadistische Freude.

Und ich sah in und hinter diesen grässlichen, vom schwarzen Schatten der rasierten Barthaare umrahmten Gesichtszügen die Gewissheit des Siegers. Ich sah die abgrundtiefe Lust, die der Mann aus dem Umstand gewann, dass ich ihm hilflos, aus eigener Schuld, praktisch vollständig betäubt und fast bewusstlos ausgeliefert war, und ich wusste nicht, ob ich träumte oder wach war.

Es kann sein, dass ich mir schon in diesem Moment gewünscht hatte, eine Pistole zu haben, um dem zum Unmenschen gewordenen Menschen, den ich für meinen abgrundtiefen, unerträglichen Müdigkeitszustand verantwortlich machte, diese schreckliche Machtausübungsmöglichkeit ein für alle Mal zu nehmen.

Meine körperlichen Kräfte allein hätten in der Verfassung, in der ich mich befand, für eine lebenszerstörende Tat dieser Art natürlich nicht gereicht, aber wenn ich damals, in ebendiesem Augenblick, eine Pistole in der Hand gehabt hätte, eine geladene, schussbereite Waffe, hätte ich, davon bin ich überzeugt, mit Sicherheit auch von ihr Gebrauch gemacht und abgedrückt.

Ich hätte, ohne zu überlegen, mit einer kleinen Bewegung meines rechten Zeigefingers einen Menschen umgebracht. Ich hätte jemanden getötet, aus keinem anderen Grund als meiner banalen Müdigkeit. Ich wäre, nur um schlafen zu können, zum Mörder geworden.

Und nach dieser Tat, nachdem ich einen Menschen getötet hätte, hätte niemand begreifen können, warum ich es getan hatte, warum ich zum Mörder geworden war.

Niemand hätte begreifen können, dass meine Müdigkeit nicht nur eine Müdigkeit gewesen war, wie jeder Mensch sie immer wieder erlebt, sondern dass meine Müdigkeit eine aussergewöhnliche Müdigkeit geworden war. Eine

Müdigkeit, die *absolut* war und mich beinahe in den Wahnsinn getrieben hätte.

Aber wer kann schon behaupten, er wisse, was passiert, wenn er im wörtlichen Sinn *todmüde* ist und man ihn nicht schlafen lässt?

Da ich keine Pistole hatte – warum Waffengesetze sinnvoll sind, begreift man wohl erst später oder zu spät –, begann ich jedoch langsam zu verstehen, dass der Wohnungsbesitzer den Mitternachtszug verpasst hatte und bis zur Abfahrt des nächsten Zuges um ein Uhr nochmals, sein mehr als gutes Recht, in sein geliebtes Haus zurückgekehrt war.

Der Dramatiker, den ich eben noch am liebsten umgebracht hätte, benahm sich sehr unangenehm, arrogant und unerträglich impertinent. Er machte einen Skandal daraus, dass ich es gewagt hatte, mich in seinen Räumlichkeiten nicht nur in den Kleidern, sondern auch mit den Schuhen aufs Bett zu legen. So etwas tue, wie er sagte, kein zivilisierter Mensch.

Und es scheint, als ob ich mich gerade deswegen, wegen dieser Beleidigungen, nochmals irgendwie hatte aufraffen und in die nebenan liegende Wohnküche begeben können, dass ich dank irgendeiner glücklichen Fügung die Aggression nochmals hatte verdrängen können und dass ich in der Annahme, dass mich das kräftigen würde, wahrscheinlich erneut von dem Weisswein getrunken habe, der in der Küche auf dem Tisch stand.

Als Reaktion auf mein Verhalten änderte jedenfalls auch der Venezianer sofort seines, setzte sich zu den Frauen und mir, schenkte sich ebenfalls Wein ein und wollte wissen, was ich von Céline halte.

Der Mann war, wie ich nun sah, wirklich verrückt, und zwar auf eine gefährliche Weise verrückt. Denn er wollte im Grunde gar nicht mit mir über Louis Ferdinand Céline diskutieren, sondern mir nur in einer provozierend triumphalen Weise zu verstehen geben, was für ihn ein wirklicher Schriftsteller sei.

Céline, führte er, ohne abzuwarten, was ich zu sagen hatte, aus, habe schon nach dem Ersten Weltkrieg, diesem internationalisierten Schlachthof, gesagt, dass der Mensch eine egoistische Bestie sei. Alles andere, der Sinn, die

Moral, sei eine Heuchelei der bürgerlichen Gesellschaft, sei Verlogenheit. Es gebe keinen Sinn, habe der zu Unrecht als Faschist verschriene Autor der *Reise ans Ende der Nacht* gesagt, alles sei sinnlos. Es gebe nur den Stil, die Form. Es gebe keine Moral und keine Ethik. Alles sei erlaubt, und genau das glaube er, Riccardo, auch. Ausserhalb des Stils und der Form, das sei auch seine, Riccardos, Meinung, sei alles bürgerliche Hypokrisie, und heute habe die Verstellung und Heuchelei wieder ein Höchstmass an Brutalität erreicht.

In der Person eines Hygienikers und Armenarztes, dem keine menschliche Perversion und Gemeinheit verborgen geblieben sei, so Riccardo, habe nach Prousts Tod nicht nur die französische Literatur, sondern die Weltliteratur einen Neuanfang gefunden, sei diese in die moderne Welt des zwanzigsten Jahrhunderts eingetreten, beginne die neue Literatur überhaupt.

Da der Dramatiker, wie ich annehme, seine Wut darüber, dass ich mich noch nicht geschlagen gab, einmal mehr nicht offen zeigen wollte, setzte er jetzt in einer bewussten Änderung seiner Taktik eine weitere hinterhältige Waffe gegen mich ein: den blitzschnell geführten intellektuellen Diskurs, mit dem er mich endgültig k.o. reden wollte.

Mich liess der immer furchtbarer argumentierende Venezianer in der grässlich einseitigen Unterhaltung nicht zu Wort kommen, so dass ich stattdessen vermutlich wieder umso mehr trank.

Das Geld, so Riccardo, habe Céline, Antikapitalist und Antikolonialist, schon vor dem Zweiten Weltkrieg gesagt, sei der Krebs, der die Seele auffresse, und er habe damit, wie er, Riccardo, denke, recht gehabt, wie er im Übrigen auch mit den Juden und den Nazis recht gehabt habe.

Das Geld, so Céline, sei für die Dekadenz der Welt, für den Untergang des Abendlandes, der Kultur, der Zivilisation, verantwortlich, und da die Herren des Geldes die Juden seien, seien die Juden der Feind, der zusammen mit allen, die mit ihm paktierten, eliminiert werden müsse.

Indem er andere ausbeute und mit seinem teuflischen Okkultismus, der ihm eine phantastische Macht verleihe, die Werte umdrehe, beschleunige der Jude die Dekadenz der weissen Rasse, habe Céline in *Bagatelles pour un massacre* und *L'Ecole des cadavres* geschrieben. Die arische Rasse, so Céline, sei das Opfer einer kulturellen Mystifikation, die sie an der Entfaltung ihrer Sensibilität hindere. Mit einer kulturellen Maske werde die Realität verdeckt. Ganz Amerika stehe unter dem Einfluss des jüdischen Kapitalismus, des von ihm geförderten dekadenten Materialismus. Die Juden hätten die Macht infiltriert und würden als Kriegstreiber eine Ausrottungsaktion gegen die weisse Rasse vorbereiten, und um das zu verhindern, müsse ein Land wie Frankreich sich mit einer anderen starken Macht verbünden, mit Deutschland.

Dann muss Riccardo seine schreckliche Suada, seine Wortkaskadentortur, jedoch plötzlich wieder abgebrochen haben – ein weiterer taktischer Schachzug –, um, wie er glaubhaft verkündete, nicht auch noch den Ein-Uhr-Zug zu verpassen, worauf er, in der gleichen spukartigen Manier, in der er zurückgekehrt war, wieder aus dem Haus verschwunden sein muss.

Völlig erschöpft und noch müder als zuvor, obwohl ich mir eine Steigerung meines Müdigkeitszustandes in keiner Weise mehr hatte vorstellen können, wütend, so weit ich das noch sein konnte, sowohl auf den nach seinen perfiden Tiraden bereits wieder verschwundenen Sadisten wie auf mich selber, auf meine selbstverschuldete Ohnmacht, meine Unfähigkeit, die infame verbale Attacke ebenfalls mit verbaler Gewalt zu erwidern, zog ich mich daraufhin mit Hilfe meiner Frau aus und legte mich ins Bett.

Und wenn ich den Pistolenwunsch nicht schon zuvor gehabt hatte, dann hatte ich ihn jetzt.

Ich schwor, dass ich, falls mir jemand eine Pistole besorgen könnte, den Hausbesitzer, wenn er mich nochmals weckte, töten würde. Und mit diesem Bewusstsein und in dieser festen Überzeugung versank ich erneut im Nichts.

Jemand schüttelte mich, rüttelte immer wieder an meinen Schultern. Ich konnte es nicht mehr ignorieren. Ich wurde hin und her geworfen, aus der Dunkelheit in eine unerträgliche Helle. Ich wollte zur Pistole greifen und abdrücken. Ich konnte die Pistole nicht finden. Ich musste versuchen, die Augen aufzureissen. Ich hörte eine Stimme. Ich konnte sie nicht identifizieren. Die Stimme rief immer wieder die gleichen Worte. Dann begriff ich, es war meine Frau.

Ich sah ihr Gesicht über dem meinen. Sie griff nach meinem Kopf, hielt ihn mit beiden Händen fest und versuchte, mich zu beruhigen.

Ich müsse aufwachen, sagte sie, aufstehen, mich anziehen. Wir müssten das Haus sofort verlassen.

»Was ist?« fragte ich. »Was ist los? Was ist geschehen? Wieviel Uhr ist es?«

»Es ist sieben Uhr. Wir müssen weg. Riccardo ist um halb zwei nochmals zurückgekommen und die ganze Nacht hiergeblieben. Ich musste die ganze Zeit mit ihm reden. Jetzt ist er endlich wieder gegangen. Aber wir wissen nicht, ob er noch einmal zurückkommt. Wir müssen hier weg. Milena und ich müssen schlafen. Komm, steh auf, zieh dich an.«

Ich verstand langsam, was meine Frau sagte, konnte das, was sie sagte, aber nicht begreifen und tat deshalb einfach, was mir befohlen wurde.

War der Mann tatsächlich ein weiteres Mal zurückgekehrt?

Meine Frau hatte unsere Sachen bereits zusammengepackt, ich hob, schlaftrunken, wie ich war, den schweren Koffer hoch und trug ihn die Treppe hinunter. Dann verliessen wir das Haus wie Diebe, traten, vorsichtig um uns schauend, in die kalte Feuchtigkeit des Morgengrauens hinaus.

Ich fror. Wir gingen, so schnell wir konnten, Richtung Markusplatz, fest entschlossen, im nächstbesten Hotel, koste es, was es wolle, ein Zimmer zu nehmen. Und tatsächlich war das nächstbeste Gästehaus denn auch ein recht gutes und ziemlich teures Etablissement mit dem klangvollen Namen SATURNIA an der Calle Larga XXII Marzo.

Milena, der die Preise in dem Prachtbau zu hoch waren, wollte noch weitergehen, zu einer kleinen Pension auf der anderen Seite von San

Marco, die sie von einem früheren Venedigbesuch her kannte, aber meine Frau konnte, wie sie sagte, keinen Schritt mehr tun, und auch ich war froh, dass ich den Koffer nicht weiterschleppen musste.

Wir überredeten unsere Freundin, wenigstens noch mit uns in unserem Zimmer zu frühstücken, und nach dem wir Orangensaft, Kaffee, Croissants, Butter und Konfitüre erhalten hatten, erfuhr ich von den beiden Frauen, was in der Nacht noch passiert war:

Um halb zwei Uhr zog meine Frau sich aus und wollte sich zu mir ins Bett legen, als Milena ihr verzweifelt sagen kam, dass Riccardo erneut zurückgekehrt sei. Er behaupte, er habe schon wieder den Zug verpasst und wolle nun auf den nächsten warten, der aber erst um fünf Uhr morgens fahre.

Meine Frau zog sich daraufhin wieder an und begab sich zu den beiden in die Wohnküche. Mich wollte sie nicht mehr wecken, da sie befürchtete, ich könnte in dem Zustand, in dem ich mich befand, eine Katastrophe provozieren.

Danach mussten Milena und meine Frau drei Stunden lang mit dem Mann sprechen. Und da Milenas Kräfte schon bald nachliessen, war es vor allem meine Frau, die das Gespräch in Gang halten musste.

Dem verrückt gewordenen Mann, der sich als ein echter Besessener mit einer unvorstellbaren Energie entpuppt habe, die Stirn zu bieten, ihn in Schach zu halten, ihm wirkungsvollen Widerstand entgegenzusetzen, sei, wie meine Frau sagte, eine fast übermenschliche Anstrengung gewesen. Und als es endlich, sie habe es fast nicht glauben können, halb fünf gewesen sei und sie gehofft habe, der Kerl gehe, habe er erklärt, er wolle nun doch erst den Sieben-Uhr-Zug nehmen.

Wie sie die zwei weiteren Stunden bis um halb sieben, die ihr nochmals eine Ewigkeit zu dauern schienen, durchgehalten habe, wisse sie nicht. Sie habe nur gewusst, dass ihr nichts anderes übrigblieb, da sie Milena auf keinen Fall mit dem Mann allein lassen durfte.

Insgesamt fünf Stunden habe meine Frau ununterbrochen geredet. Aber sie habe nicht irgendetwas reden können. Sie habe immer aufpassen müssen, was sie gesagt habe. Sie habe dem Besessenen intellektuell und rhetorisch ebenbürtig, wenn nicht überlegen sein müssen, habe, ohne dass er etwas davon habe merken dürfen, das Gespräch immer dahin lenken müssen, wo es für Milena und sie weniger gefährlich gewesen sei.

Denn solange der Mann geredet habe, habe ihn das von anderen Handlungen, von anderen von Milena und meiner Frau befürchteten Aktivitäten abgehalten.

Zunächst, so meine Frau, habe der Venezianer wieder mit Céline angefangen, den er über alles gerühmt habe. Sie selber habe vom Leben und Werk des Franzosen, da Autoren dieser Art in Rumänien keine übliche Lektüre gewesen seien, praktisch keine Ahnung gehabt, weshalb sie immer wieder bloss auf Vermutungen hin habe argumentieren können.

Dann habe der Verrückte plötzlich das Thema gewechselt und unvermittelt den Marquis de Sade ins Spiel gebracht, den er, wie das überhaupt möglich sein konnte, wisse sie nicht, noch mehr als Céline zu schätzen schien.

Und danach habe er immer und immer wieder und immer ausschliesslicher nur noch vom Marquis de Sade gesprochen, dessen Leben er, wie es meiner Frau durch die Aussagen und Verhaltensweisen des Venezianers je länger, je mehr vorgekommen sei, nicht nur gern nachgelebt hätte, sondern von dem er ihr zuletzt sogar schon fast wie eine erschreckende und schreckliche Wiederverkörperung erschienen sei.

Die Dinge, die der Mann gesagt habe, seien schrecklich gewesen.

Im Zusammenhang mit Céline habe der Besessene, so meine Frau, etwas von einer ihr unbekannten Rockgruppe namens THE DOORS gefaselt, die stark von dem genialen Schriftsteller beeinflusst worden sei. Célines ganzes Werk sei, wie die Musik dieser Gruppe, wie die Texte und der Gesang eines gewissen Jim Morrison, ein einziger wilder Aufschrei gegen die Verkommenheit einer Welt, die alle ihre Rechnungen auf Kosten der Armen begleiche, gegen eine

Welt, in der Hass und Niedertracht das ganze Leben bestimmten.

Deshalb, so habe Riccardo gesagt, müssten auch heute die Lüge und die Verlogenheit wieder als Lüge und Verlogenheit entlarvt werden, etwas, das, wie er glaube, so wie die Dinge heute stünden, allerdings wohl nur noch ein Dritter Weltkrieg zu tun imstande sei. Ein Krieg, dessen einziger Zweck die Zerstörung der verlogenen Welt der künstlichen Paradiese sein müsse, der aber letztlich, wie er befürchte, wohl wieder nur dazu führe, dass das zu stark angewachsene Heer der Armen zugunsten der Besitzenden ausgetilgt werde.

Ob Milena und meine Frau, habe der Venezianer dann immer wieder wissen wollen, die Bücher von Donatien Alphonse François de Sade gelesen hätten, *La philosophie dans le boudoir* und vor allem *Justine*, den Roman *Justine ou les Malheurs de la vertu*. Immer wieder sei er mit dieser Justine gekommen, Justine, Justine, Justine, er habe praktisch über nichts anderes mehr sprechen können als über Justine. Aber sowohl Milena wie meine Frau hätten sich natürlich gehütet, zuzugeben, dass sie Sachen von Sade gelesen hatten, und meine Frau erwähnte auch mit keinem Wort ihre Ausstattung der Dramatisierung der *Philosophie dans le boudoir*.

Zuerst, so meine Frau, habe der Verrückte von der realistischen Art geschwärmt, in der Sade geschrieben habe, von der exakten Aufzählung und Darstellung aller Formen der Erotik und der Sexualität, die allein schon eine enorme Leistung bilde. Literatur habe, wie er, Riccardo, finde, alles zu schildern, auch das Schauererregendste und Grässlichste, dessen der Mensch fähig sei.

Und von da an, nachdem er sich auf diese Weise warmgeredet habe, soll alles, was mein verrückter Kollege sonst noch vorbrachte, und das über Stunden, in eine Apologie der Gewaltausübung und der Schmerzempfindung gemündet haben.

Schmerzzufügen und Schmerzfühlen, habe der Verrückte immer wieder behauptet, würde einen Lustgewinn bringen, der unvergleichbar sei, eine Lustintensität und eine Lusttiefe, die man, wie immer man sich auch darum bemühe, auf keine andere Weise erreichen könne.

Ob Milena und meine Frau, habe er wissen wollen, schon einmal die Wonnen der Selbstgeisselung genossen hätten. Unter gläubigen Katholiken sei diese Praktik heute noch häufiger verbreitet, als man meine. Aber man müsse natürlich keinesfalls katholisch sein, um den exquisiten Genuss erleben zu können. Gegenüber der heutigen Billigkonsumwelt habe der Katholizismus, wie er, Riccardo finde, allerdings viele Vorteile. Er selber sei durch seine katholische Erziehung schon als Kind zur Autoflagellation angeleitet worden, doch inzwischen wisse er natürlich auch die zusammen mit anderen Menschen genossene aktive und passive Flagellation zu schätzen.

Der Verrückte habe allen Ernstes erklärt, dass das katholische Mittelalter überhaupt etwas Wunderbares gewesen sei, weil es da nicht nur das Flagellantentum, sondern auch die Folter und die Inquisition gegeben habe, Dinge, die alle ganz offiziell wieder zurückkommen sollten.

Als Bussdisziplin, so Riccardo, sei die Selbstgeisselung durch einen Benediktinerpater namens Damiani eingeführt worden, der nach der ersten Jahrtausendwende gelebt und die Abtötung des Fleisches als Protest gegen die Unzucht seiner Zeit empfohlen habe. Aber schon im dreizehnten Jahrhundert habe das öffentliche Auftreten der als Sekten bezeichneten Geissler oder Flagellanten zu Massenorgien geführt, und das Verbrennen dieser Menschen auf den Scheiterhaufen der Inquisition, der Anblick ihrer brennenden, zuckenden, nackten Körper, habe schliesslich sexuelle Spannungen von einer solchen Intensität erzeugt, wie Europa sie weder vorher noch nachher gekannt habe.

Was er am meisten hasse, habe der Verrückte gesagt, sei das Televisionskleinbürgertum, das überall vorherrsche. Dieses miserable Leben aus zweiter Hand, dieses Maschinensklavendasein.

In der heutigen Kultur, im seichten Unterhaltungsblödsinn, den man in den Industriegesellschaften noch Kultur zu nennen wage, sei keine echte Lust mehr vorhanden, sondern nur noch ein kulturelles Einerlei. Nur noch Künstlichkeit, Elektronik, simulierte Wirklichkeit. Was heute stattfinde, sei das perfekte Verbrechen: die Ermordung der Realität durch die unendliche Reproduzierbarkeit des Objekts, die Simulation, das Simulakrum.

Wir alle, so Riccardo, müssten jedoch wieder am eigenen Leib spüren, erfahren, erleben, was Wirklichkeit sei, was das Leben wirklich sei, was *wirklich* Leben sei, und wenn der Preis dafür der Tod sei, der Tod anderer oder der eigene.

Wir müssten, habe der Besessene erklärt, auf unserer Suche nach der Lust bis zur Erotisierung des Schmerzes gehen und in der Sexualität das Raffinement und die Raffiniertheit auch in den Instrumenten suchen. Was es nur schon alles an Peitschenarten gebe, habe er geschwärmt, sei phänomenal. Und der männliche Same habe, wie sie, Milena und meine Frau, sicher wüssten, ja auch schon die Form einer Peitsche.

Das Beste am Schmerz, habe Riccardo gesagt, sei jedoch, dass man ihn nicht heucheln könne. Einen Orgasmus zu fingieren sei für

Frauen das Leichteste der Welt, und deshalb würden die Frauen das auch unablässig tun.

Das Orgasmusheucheln sei verbreiteter, als die in dieser Hinsicht unzulänglich denkenden Männer annehmen würden. Es sei ein Phänomen, dem überhaupt zu wenig Beachtung geschenkt würde, obwohl gerade das unablässige Heucheln des Orgasmus für die meisten Probleme zwischen den Männern und den Frauen verantwortlich sei.

Beim Mann dringe der Orgasmus nach aussen, werde sichtbar, überprüfbar. Bei der Frau bleibe er in ihrem Innern, sei unsichtbar, nicht überprüfbar. Der Mann spritze, die Frau stöhne. Der Schmerz dagegen komme, wenn er nur stark genug sei, immer, sowohl beim Mann wie bei der Frau, nach aussen, werde sichtbar, überprüfbar, nachvollziehbar.

Die de Sadeschen *Menschenzusammenbauungen,* wie der Verrückte das genannt habe, das Zusammenstecken unzähliger Menschenleiber mit Hilfe aller ihrer Extremitäten und Löcher, komme für ihn, Riccardo, der Schöpfung völlig neuer Kreaturen gleich. Sie habe etwas

Prometheisches, Gottgleiches an sich. Nicht ohne Grund habe man Sade auch den göttlichen Marquis genannt. Die Natur, habe Sade gesagt, habe den Menschen nur geschaffen, damit er sich mit allem, was es auf der Welt gebe, amüsiere. Was soll's, wenn es dabei Opfer gebe. Das, so Riccardo, gehe hin bis zur Lust am Töten, die wir auch wieder lernen müssten.

Im Sinne von *Auch du kannst töten* habe der verrückte Venezianer frohgemute Botschaften des Todes verkündet. Machiavelli, so meine Frau, sei gegen diesen Mann ein Waisenknabe gewesen.

Dies, zum Continental Breakfast im SATURNIA, die Erzählung Milenas und meiner Frau über das, was geschehen war, als ich in Morpheus, oder in wessen Armen auch immer, gelegen hatte.

Danach verliess uns Milena, um ihre Pension aufzusuchen, und meine Frau und ich legten uns ins Bett und versuchten, in der dumpfen, geräuschlosen Abgeschiedenheit des anonymen Hotelzimmers, mit dem DO NOT DISTURB-Schild an der Aussenseite der Tür, die lange Nacht, die seit einigen Stunden in den Tag übergegangen war, schlafend zu einem vorläufigen Ende zu bringen.

VI

Als wir erwachten, war es halb vier. Dienstagnachmittag. Noch nicht einmal eine Woche war vergangen, seit ich den Schreibtisch verlassen hatte und nach Paris gefahren war. Und in Venedig hatten wir erst zwei Nächte und einen Tag verbracht: eine Hungernacht, einen in totalem Kontrast dazu stehenden Völlerei-Tag und eine Horror- und Schreckensnacht, die beinahe noch den folgenden Tag und weitere zukünftige Zeitmöglichkeiten verschlungen hätte.

Jetzt, nachdem ich einen sich über Stunden hinziehenden, ungestörten und auf natürliche oder jedenfalls übliche Weise zu Ende gegangenen Tiefschlaf hinter mir hatte, kam mir alles, was in der vergangenen Nacht passiert war, völlig unwirklich vor. So, als ob es gar nicht geschehen, sondern als ob es bloss ein furchtbarer und zum Glück bereits wieder in eine relative Ferne gerückter Alptraum gewesen wäre.

Obwohl ich eine zwar nicht vollständige, aber ungewöhnlich starke Erinnerung an das

Geschehen der Nacht hatte, konnte ich kaum glauben, dass der Zwischenfall wirklich stattgefunden haben sollte, und ich hatte die allergrösste Mühe zu akzeptieren, dass mir, und auch meiner Frau und Milena, so etwas Unwahrscheinliches tatsächlich passiert war. Dass wir eine so abstruse Ungeheuerlichkeit leibhaftig erlebt hatten, dass so ein Alptraum wirklich und tatsächlich Leben gewesen war.

War wirklich Zeit vergangen, und hatten diese Ereignisse wirklich in der Zeit, in dieser, in *unserer* Zeit, stattgefunden? Oder waren die Bildabläufe ein blosses Geistesprodukt, eine Ausgeburt der Phantasie, die in die merkwürdigsten und bizarrsten Gegenden abschweifen kann, ein aus unergründbaren Tiefen aufgestiegenes Traumgespinst?

Waren die in der Erinnerung gespeicherten Vorstellungen tatsächlich einmal Realität gewesen, oder gehörten sie einer anderen Zeit, einer anderen Wirklichkeit an? Waren sie gleichzeitig sowohl zeitgebunden wie zeitlos, waren sie sowohl reale wie irreale Kopfereignisse, die nie etwas anderes als Kopfereignisse hatten sein dürfen und immer nur Kopfereignisse würden bleiben müssen?

Waren die Dinge, die wirklich geschehen zu sein schienen, wirklich *uns* passiert, waren sie wirklich Milena, meiner Frau und mir passiert, hatten wir sie erlebt? Oder waren sie anderen Personen passiert, hatten andere Personen sie erlebt und hatten wir, Milena, meine Frau und ich, oder auch ich allein, diesen Personen beim Erleben der Dinge bloss zugeschaut und uns während dieses Zuschauens auf eine besondere Weise völlig mit ihnen identifiziert?

Oder waren die Dinge tatsächlich direkt uns selber passiert, aber in einer anderen Wirklichkeitsschicht, in einer anderen Realitätsebene, und waren wir nun einfach wieder in die bisher üblich gewesene Wirklichkeit, in unsere Wirklichkeit, zurückgekehrt?

Die Alltagsnormalität mit den Alltagsgefühlen war wieder da und überdeckte alles. Und in ihrem Licht erhielt auch das, was vor dieser Nacht geschehen war und auf sie zu geführt hatte, einen irrealen Anstrich.

Tatsache war, dass ich vor genau fünf Tagen nach Paris gereist war und dass ich mich nun, am Ende dieser fünf Tage, in Venedig befand.

Meine Frau rief Alarico an und erzählte ihm, ohne in Details zu gehen, was in der Nacht geschehen war, und der Maler konnte das, was er hörte, kaum glauben.

Er war entsetzt und wollte unbedingt genauer mit uns über die Ereignisse sprechen, sah aber keine Möglichkeit, dies noch am gleichen Tag zu tun. Denn dieser Tag war für ihn, wie er meiner Frau nun sagte, ein Trennungstag. Der Tag, an dem seine Frau, seine Ehegattin, sein Weib, sich von ihm trenne. Seine Frau, seine Partnerin, verlasse ihn, ziehe an diesem Tag aus der gemeinsamen Wohnung aus. Es sei schrecklich für ihn.

Aber am Mittwoch, so der Maler weiter, könne er uns sehen. Wir sollten doch wenigstens noch einen Tag in Venedig bleiben, damit wir uns sehen und miteinander sprechen könnten. Er lade uns in Harry's Bar ein, so dass der ursprüngliche Zweck unserer Reise trotz allem

Realität werden könne. Er erwarte uns auf fünf Uhr bei Harry's, ob das okay sei?

Meine Frau, die Alarico schon lange sehr schätzte – sie erzählte mir nach dem Telefonat, dass der Mann zwar Kommunist sei, aber ein echter Kommunist, ein Kommunist der humanistischen, der menschenfreundlichen italienischen Art, einer Sorte von Kommunisten, gegen die auch sie nichts einzuwenden habe –, meine Frau war dafür, die Einladung anzunehmen, und auch ich hatte nichts dagegen, endlich Harry's Bar kennenzulernen. Was wir nicht wussten, war, wie Milena auf den Vorschlag reagieren würde, da sie, was man verstehen kann, am liebsten noch an diesem Tag, am Dienstag, aus Venedig abgereist wäre.

Da wir alle drei hatten schlafen müssen, und zwar bis über die Mittagszeit hinaus, war dieses Vorhaben jedoch unrealistisch. Und den Preis für die folgende Nacht mussten wir in dem Hotel und in der Pension, die wir bezogen hatten, ohnehin bezahlen.

Als Milena ein paar Minuten später aus ihrer Pension anrief und meine Frau ihr die Sache erklärte, war sie einverstanden, unter diesen Bedingungen noch einen Tag länger zu bleiben.

Ob wir uns etwas erholt hätten, wollte unsere tschechisch-französische Freundin wissen, ob wir geschlafen hätten. Sie selber habe den Schock noch nicht verdaut und nach ihrer Ankunft in der Pension zuerst einmal ein sehr langes und sehr heisses Bad nehmen müssen. Der Besitzer der Pension, der sie von ihrem früheren Besuch her wiedererkannt habe, habe sie besorgt angesehen und gefragt, was mit ihr geschehen sei. Was wir, meine Frau und ich, an diesem Tag nun noch tun wollten. Ob wir Lust hätten, irgendwo etwas Kleines zu essen.

Wir vereinbarten, dass Milena auf halb sechs zu uns ins Hotel kommen sollte, und spazierten mit ihr dann zum La Fenice, wo wir uns auf dem Campo San Fantin der schmalen, mit vier korinthischen Säulen kombinierten klassizistischen Fassade gegenüber an einen der im Freien stehenden Tische des Ristorante *Al Teatro* setzten.

Wir bestellten dreimal Minestrone, Fisch, Fleisch, Mineralwasser und Wein, und für mich ging erst jetzt, während dieses Abendessens, die vorangegangene Nacht wirklich zu Ende.

Milena entschuldigte sich immer wieder, dass sie meine Frau und mich in eine solche Situation gebracht hatte, und erzählte schliesslich auch das, was sie hatte verschweigen wollen.

Dass sie nämlich, nachdem der Venezianer zum ersten Mal weggegangen sei und sie im Zimmer, das er ihr zugewiesen hatte, die Schränke geöffnet habe, vor einer Unmenge einschlägiger Kleidungsstücke, Peitschen und anderer Utensilien gestanden sei, von deren Verwendungszweck sie keine Ahnung habe. Sie möge nicht darüber sprechen.

Sie habe, sagte sie, schon damals das Haus so schnell wie möglich wieder verlassen wollen und sei, ohne uns etwas zu sagen, zur Haustür hinuntergegangen. Als sie die Tür mit dem Schlüssel, den Riccardo ihr gegeben habe, aufschliessen wollte, habe sie jedoch mit Schreck bemerkt, dass diese noch mit einem zweiten Schloss verriegelt gewesen sei.

Diese Umstände, so Milena, hätten sie schon damals in Panik versetzt. Aber sie habe meine Frau und mich nicht beunruhigen, nicht damit belästigen wollen. Sie habe sich geschämt, uns in eine solche Sache hineingezogen zu haben. Zuvor, vor dieser Nacht, habe sie keine Ahnung gehabt, sie habe nicht gewusst, welches Riccardos wahre, aber versteckte Veranlagungen und Neigungen gewesen seien.

Was sie gewusst habe, sagte sie, sei gewesen, dass Riccardos Halbbruder ein Filmregisseur besonderer Art sei. Ein Regisseur erotischer Filme, ein Gestalter von gehobenen Sexfilmen oder Edelpornos, wie immer man das nennen wolle. Von Filmen über die Dekadenz im untergehenden Römischen Reich, über Nazi-Bordelle in Berlin, über Puffs in Mussolinis Rom. Aber sie habe dieser Tatsache natürlich keine weitere Beachtung geschenkt, da solche Filme von der Gesellschaft längst akzeptiert und am Fernsehen dauernd zu sehen seien.

Und als Riccardo, erzählte Milena weiter, um halb zwei Uhr morgens zum zweiten Mal zurückgekehrt sei, habe er sich bei ihr auch sofort sehr zuvorkommend und höflich dafür entschuldigt, dass er aus Versehen noch das zweite

Schloss verriegelt habe. Nun sei das Schloss, habe er gesagt, aber wieder offen und werde es auch bleiben.

Die Dinge, die wir von Milena zu hören bekamen, kontrastierten stark mit der harmonischen, friedlichen Atmosphäre des sonnigen Herbstabends auf dem Campo San Fantin.

Die Luft war warm, gefüllt von den Düften des Tages und den Geräuschen der Restaurantgäste, der Flaneure und Passanten. Während wir die Suppe, den Coda di rospo und die Bistecche assen und einen roten Bardolino dazu tranken, wuchsen die Schatten, Lichter gingen an.

Und zusammen mit der Distanz zum Geschehen, die ich schon durch den Umzug in ein komfortables Hotel und den dort erfolgten Tiefschlaf gewonnen hatte, machten mir Milenas Enthüllungen die Geschichte der vorangegangenen Nacht glasklar.

Ich wusste wieder, woher ich Riccardos Nachnamen kannte. Mario Malino, der Name seines Halbbruders, war in der weitläufig gewordenen Kulturwelt unserer Zeit ein Begriff.

Ich hatte zwar selber noch nie ein Werk des Mannes gesehen, seinen Namen aber schon in Besprechungen auf den Feuilletonseiten gelesen.

Ich sah Riccardos Luxuswohnung, die vielen Kunstwerke, die kleine Picasso-Plastik, und ich sah Wände voller Lack-, Leder- und Gummiutensilien, Ketten, Riemen, Peitschen, Ruten, Dildos, Vibratoren, Instrumente zum Fesseln, Aufhängen, Strangulieren.

Und schlagartig, als ob ein Blitz für einen Augenblick mein Gehirn übernatürlich erleuchtete, erkannte ich, dass ich sehenden Auges und trotzdem blind in eine alte venezianische Falle gegangen war. In genau die Falle nämlich, die Riccardo uns scheinbar nur hatte zeigen, uns netterweise sozusagen als eine historische Reminiszenz für ahnungslose Touristen hatte vorführen wollen.

Dabei war alles klar gewesen und hatte auf der Hand gelegen. Und trotzdem, oder gerade weil die Sache so offensichtlich gewesen war, hatte ich überhaupt nicht daran gedacht, dass ich, in der gleichen Weise wie die Seeleute früher, selber auch wieder ein Opfer der Falle hätte werden können.

Ohne dass ich es merkte, hatte der Venezianer mit mir das gemacht, was er mir erzählte und, wie ich meinte, während des Erzählens bloss illustrationshalber demonstrierte.

Während er von den Matrosen und den ihnen gratis offerierten salzigen Delikatessen erzählte, hatte der Dramatiker auf seine Rechnung, für uns also kostenlos, auch wieder solche Durstmacher bestellt. Und in der falschen Annahme, dass die Falle heute, als ein sich überlebt habendes historisches Relikt, nicht mehr benutzt würde, hatte ich danach, wie die Seeleute, die mir vorangegangen waren, völlig unüberlegt und übermässig dem Wein zugesprochen.

Wie die alten Venezianer ihre *marinai*, hatte Riccardo uns dazu gebracht, unverhältnismässig viel zu trinken, damit wir danach willfährig wurden und er mit uns machen konnte, was er wollte.

Und indem er nicht nur die salzigen Kleinigkeiten, sondern auch den Wein bezahlt hatte, war der Pockennarbige sogar noch weiter als seine Vorfahren gegangen.

Auch der Zwischenfall auf der Treppe des Restaurants, in das Alarico uns eingeladen hatte, der plötzliche Angriff Riccardos auf mich, das feste Packen meines rechten Armes mit seinen Händen, war, dessen war ich mir nun sicher, nichts anderes als ein Test gewesen. Eine Kraftprobe, um mir erstens seine eigene Stärke zu demonstrieren und um zweitens zu schauen, wieviel Widerstand ich in dem Zustand, in dem ich mich damals befand, noch leisten konnte.

Das alles war, wie ich sah, diabolisch ausgedacht und ausgeklügelt, so dass ich volles Verständnis für Milenas immer wieder geäusserte Befürchtung hatte, Riccardo könnte, da wir keine Garantie dafür hätten, dass er wirklich nach Rom abgereist sei, wie am Tag zuvor plötzlich wieder zwischen den Passanten auf dem Platz vor uns auftauchen und sich, wie wenn nichts geschehen wäre, zu uns setzen wollen.

Nach der blitzartigen Erleuchtung fragte ich mich jedoch sofort, ob der venezianische

Kollege wirklich so kalt kalkulierend und mit Vorbedacht gehandelt hatte oder ob das, was geschehen war, nicht einfach zum üblichen Verhaltensmuster gehörte, nach dem der Mann in solchen Situationen funktionierte.

Um halb neun verlangte ich die Rechnung. Danach begleiteten meine Frau und ich Milena zu ihrer Pension. Die angebrochene Nacht schien wieder klar bleiben zu wollen. So wie es die vorangegangene Nacht vermutlich auch gewesen war.

Anschliessend kehrten meine Frau und ich in unser Hotel an der Calle Larga XXII Marzo zurück. Ich legte mich sofort ins Bett und fiel nochmals in einen tiefen Schlaf. Eine Reise ans Ende einer Nacht, die noch einen ganzen Tag hindurch angedauert hatte, wurde mit einer weiteren Nacht fortgesetzt.

Wir schliefen lange und liessen uns das Frühstück wieder aufs Zimmer bringen. Ohne Milena, die den Tag hindurch allein in ihrer Pension bleiben wollte, besuchten wir vor zwölf Uhr noch die Scuola di San Giorgio degli Schiavoni mit dem Gemäldezyklus von Vittore Carpaccio, für meine Frau die eindrucksvollsten Bilder, die Venedig zu bieten hat.

Meine Frau hatte mir die Meisterwerke schon während unseres ersten Venedigaufenthalts gezeigt, und es schien uns beiden eine gute Idee zu sein, sie uns nun, nach dieser Horrornacht, nochmals anzusehen.

Eine *Scuola* war in der Serenissima ein religiös-soziales Zentrum. Ein Bet- und Fürsorgehaus, das eine Handwerkerzunft oder eine in der Stadt lebende Minderheit, eine mehr oder weniger geduldete Volksgruppe, für sich erbauen liess. Ein Instrument gemeinschaftlicher Unterstützung und gegenseitiger Hilfe, das dem Staat aber auch eine direkte Überwachung und Kontrolle der Bürgeraktivitäten auszuüben erlaubte und deshalb ganz und gar in seinem Interesse lag.

In Venedig entstand durch die Vermittlung der Scuole ein kapillares Zirkulationssystem für die enormen Reichtümer, die durch den Handel mit dem Orient in die Stadt flossen. Dies war einer der originellsten Aspekte der internen Struktur der Republik, deren Regierungssystem und raffiniertes Zusammenspiel verschiedener Kontrollen ihr über Jahrhunderte hinweg Wohlstand und eine gewisse soziale Gerechtigkeit für alle Schichten der Bevölkerung verschaffte.

Die Scuola der Dalmatiner, von den echten Venezianer als Slawen, als *Schiavoni*, beschimpft, liegt fast schon im Castello, dem östlichsten Stadtteil mit dem Arsenale, Venedigs staatlicher Werft und Waffenfabrik, dem zeitweilig grössten Industriekomplex Europas, wo in mittelalterlicher Fliessbandarbeit pro Tag eine Kriegsschiff-Galeere konstruiert wurde.

Die Fassade des unscheinbaren Gebäudes, dessen Glockentürmchenaufbau kaum grösser als ein Schornstein ist, wirkt abweisend und düster. Der einst weisse Stein ist vom Dreck der Luft fast vollständig schwarz geworden. Die Fenster sind, bis auf eines, vergittert. Über dem waagrechten Abschluss der schmalen Tür befindet sich eine Reliefskulptur zweier Delphine, darüber eine des heiligen Georg, der den Drachen tötet, und über dieser eine der Maria mit dem Kind auf dem Thron.

Drinnen gerät man hinter einem schweren, dunklen Filzvorhang umso unvermittelter in einen höchst intensiven Sog merkwürdiger Farben. Aus dem kleinen, in seinem Grundriss achteinhalb mal zehneinhalb Meter umfassenden Betraum mit einfachen Holzbänken sieht man unter einer taubenblauen Balkendecke den Wänden entlang in die Tiefe von neun phantastisch-realistischen Traumlandschaften.

Unter einem bleigrauen Himmel sprengt ein schwarzer Ritter, blondgelockt, jung, mit konzentriertem Blick, am Ufer eines grünen Meers vor den uneinnehmbaren Mauern einer orientalischen Stadt an einer betenden, rotgekleideten Prinzessin vorbei, über eine Schädelstätte hinweg, über Totenköpfe und zerrissene Leiber, über Leichenteile, an denen Salamander und Schlangen fressen, auf einen Drachen zu, ein Monstergemisch aus Löwe und Basilisk. Drache und Pferd springen sich an, abwehrend hebt das Monster die Pfoten, aber die Lanze des Ritters hat sich schon in seinen pestigen Schlund und durch seinen grässlichen Kopf gebohrt, splittert, bricht.

Vor einem hexagonalen Tempelgebäude, fahnengeschmückt mit Kuppelaufbau, schwebt der Arm des schwarzen Ritters mit schlagbereitem Schwert über dem gefangengenommenen Drachen. Das Böse ist noch nicht getötet. Das Fremde, das Bedrohliche, das Schmutzige, scheint beinahe gezähmt. Auf der linken Seite sitzen der König und die Königin auf einem weissen und einem braunen Pferd. Vor ihnen steht die befreite Prinzessin. Hinter dem Herrscherpaar und auf der rechten Seite eine orientalisch gekleidete Gesellschaft und Musiker. Gedämpftes Braun, zurückhaltendes Rot.

In enger zusammengerücktem Mauerwerk, auf einem treppengesäumten Platz vor einer Säulenfassade, tauft der schwarze Ritter den König und die Königin. Die orientalisch gekleidete Gesellschaft ist immer noch da. Wieder spielt die Musik. Kirche, Staat und Kunst befinden sich in gleicher Höhe. Den Drachen gibt es nicht mehr. Das Wundertier hat sterben müssen. Haustiere stehen an der Rampe. Ein Papagei pickt an einer Pflanze, ein Windhund schaut gelangweilt zur Seite.

Im Säulenviereck eines Portikus steht ein knabenhafter Heiliger vor einem kleinen Dämon. Das putzige, als Basilisk erscheinende Untier ist kaum grösser als ein Hund. Rechts davon das Mädchen, das der Knabenheilige von dem Dämon befreite, und der Herrscher mit seinem Gefolge. Links vornehm gekleidete Menschen, die das Wunder diskutieren.

In einem weiten, belebten Klosterhof stehen ein alter Mann mit langem, weissem Bart und ein Löwe. Rings um sie herum rennen furchterfüllte Mönche weg. Die weissblauen Gewänder wallen hinter ihnen her.

Die Leiche des alten Mannes mit dem langen, weissen Bart liegt auf dem Vorplatz einer Kirche. Um den leblosen Körper herum zelebrieren Mönche die Totenmesse. Im Hintergrund ein mässig belebter Platz mit einer hohen Palme. Am Fuss der Palme steht ein schläfriger Esel. Neben ihm ist mit einer langen Leine eine gezähmte Hyäne festgebunden.

In einem saalgrossen, wohlgeordneten Studierzimmer sitzt ein relativ junger Kirchenvater mit sauber gestutztem braunem Bart an seinem

Arbeitstisch. Er hält ein Schreibinstrument, einen Federkiel, in der Hand und schaut zum Fenster hinaus. Um ihn herum die Werkzeuge der Angstbewältigung und der Welteroberung: Messgeräte, Weltmodelle, Bücher, Landkarten, Kunstgegenstände. Auf Notenständern die Partituren einer Hymne und eines Gassenhauers. Auf dem leeren Fussboden sitzt mit gespitzten Ohren ein kleines weisses Hündchen, ein Malteserhündchen, und schaut zum entrückt ins Licht blickenden Mann hinauf.

Was man hier, aus dem in sich geschlossenen, kleinen Betraum heraus, sieht, ist gemalter Geist, ist gemalte Zeit. Der Geist des Malers, der Geist der Zeit, der Geist der Epoche, der Geist der Menschheit, der Geist des Universums.

Bildergeschichten aus dem Leben der drei dalmatischen Schutzheiligen Georg, Tryphon und Hieronymus oder, wie man später erkannte, Augustinus.

Eine abgeschlossene und perspektivisch zugleich offene und unendliche Welt. Eine stillstehende, wie eingefroren, wie in Schönheit erstarrt wirkende Welt. Physisch und metaphysisch zugleich.

Was man sieht, geht nicht vorüber, geht nicht vorbei. Es bleibt unaufhörlich so, wie es ist. Ein Standbild, ein Höhepunkt. Gleichzeitig ist es aber mit der unsichtbaren, immer in Bewegung bleibenden geistigen Dimension verbunden. Es ist die Welt um fünfzehnhundert. Eine Welt, die stillsteht, im Betrachter jedoch weiterlebt. Eine Welt der Stille und der Ruhe, um die herum sich stets neue Geräusche ausbreiten. Leben, Bewegung, Vergänglichkeit. Kompositionen von Morgenland und Abendland, Jerusalem und Venedig. Metropolenarchitektur und Legenden. Gemalte Sekunden, still wie im Traum, kindlich-deutlich, heraldisch-klar. Ganz gegenwärtig, ganz fern. Kein Gold glänzt, kein Tizianrot strahlt, kein Belliniblau schimmert. Das Leuchten in der Tiefe des Raums kommt aus der irdischen Mannigfaltigkeit.

Carpaccios Braun und Rot vibrieren, strahlen trotz aller Dämpfung, weil sie in Hunderten von Tönen gebrochen sind, durch Licht und

Schatten. Es ist nicht die Stärke einer Farbe, die leuchtet, es ist die Vielfalt der Zwischentöne, die Geselligkeit der Nuancen. Nicht Engel und Gold bringen die Bilder zum Glanz, sondern das wirkliche Leuchten wirklicher Farben im wirklichen Licht.

Carpaccio ist nüchtern *und* warm. Und die Religion erscheint bei ihm in ihrer gesellschaftlichsten und mitmenschlichsten Art: als Legende. Das Gemeinwesen ist gegliedert *und* reich. Der Einzelne ist zu sehen, aber nie isoliert von der Gruppe, der Stadt, der Gesellschaft.

Carpaccio hat in einer Atempause der Geschichte gemalt. In der kurzen Epoche zwischen rein religiöser Malerei und freigesetzter Subjektivität. Seine Bilder sind zugleich irdisch und fromm, wie der Humanismus des fünfzehnten Jahrhunderts, dieser frische Morgen der Neuzeit, in dessen ungetrübtem Licht sich Perspektiven öffneten und Räume weiteten. Der Glanz seiner Bilder ist der kurze Glanz der Hoffnung, dass Stabilität und Sittlichkeit miteinander zu versöhnen wären, durch Weltfrömmigkeit und Demut.

Der Orient, die Welt, ist kolonisiert. Die Tiere sind gezähmt. Frieden kann sein, wenn zur Leidenschaft und zum Ernst, zum Leben und zum Tod, zum Roten und zum Schwarzen das Weisse hinzukommt: die Farbe der Demut und der Unschuld.

Es ist kein überirdisches Licht, das durchs Fenster ins Studierzimmer des Augustinus dringt, sondern ein beständiges, dauerndes, gleichmässiges Licht. Das Licht einer demütigen, nicht hybriden Aufklärung. Kein Röntgenlicht, sondern die Strahlen einer freundlichen Sonne, von deren Oberfläche die Welt zum Leuchten gebracht wird.

Die Bruderschaft der dalmatinischen Seeleute, Händler und Handwerker, deren fremd klingende Namen in die Bänke des Betraums eingeschnitten sind – *Luca Zwanichia, Cãp. Vicenzo Tripcovich, Giovanni Barich* –, diese Organisation zwischen Staat und Familie, die vom venezianischen Adel und von der Signoria unterstützt wurde, ist ein Produkt jener Zeit. Eine dezentrale kleine Gemeinschaft von Bürgern mit Schutzherren. Eine Kombination von

Selbstorganisation, Sozialstaat und Überwachung. Eines jener klugen Steuerungsinstrumente, mit denen die venezianische Staatskunst so lange die Stabilität sichern konnte.

Dann wird Amerika entdeckt, und der Niedergang dieser Welt beginnt. Der wirtschaftliche Niedergang zuerst und schliesslich ihr Zerriebenwerden in den Kämpfen, deren Resultat die ersten Nationalstaaten sind. Die Welt der Stadtstaaten geht unter. Die venezianischen Händler kaufen Land auf der *terraferma*. Der Doge verbietet den Luxus, was nur heisst, dass er nicht mehr zu bremsen ist.

Der Humanismus geht zu Ende, die heroische Renaissance setzt ein. Der Kultus des Leibes, der verschwommenen Stimmung, der Subjektivität, *maniera* genannt, beginnt. Das Genie, das den Handwerkerkünstler ablöst, ist nicht mehr einer Tradition verpflichtet, sondern spielt mit allen Traditionen, mit Räumen, Menschen und Gesellschaften.

Carpaccio ahnte wohl, dass da etwas Neues begann, mit Buchdruckern, Geschützbauern, Konquistadoren und Inquisitoren, Staatsmännern, Söldnern und Unternehmern. Und er könnte, wie einige Kunsthistoriker meinen, an diesen Ahnungen zerbrochen sein, da er zuletzt, obwohl ihm noch einige denkwürdige Bilder gelungen seien, nur noch routiniert und flach gemalt habe.

Hätte der Namensbruder des jugendlichen, blond gelockten, schwarzen Ritterhelden, der Regisseur Giorgio Marelli, der dafür verantwortlich war, dass Milena, meine Frau und ich uns jetzt in Venedig befanden, neben dem idealen christlichen Streiter dunkler Gestalt gestanden, hätte er, wie mir plötzlich einfiel, noch um einiges unschöner gewirkt, als er das in der unidealen Welt des heutigen Alltags ohnehin schon tat. Und trotzdem hätte man nicht ihn, den zwar charmanten und sympathischen, aber von seiner äusseren Erscheinung her nicht idealen Träger des Heiligennamens, mit dem Drachen oder dem Dämon vergleichen müssen, sondern den *prima vista* attraktiver wirkenden, gepflegten, kultivierten Venezianer, dessen kunstsinnig eingerichtetes Haus die Frauen und ich am Tag zuvor im Morgengrauen fluchtartig verlassen hatten.

»Tu m'aimes, oui ou non? Sinon je bois un whisky!« Mit diesen Sätzen empfing Alarico meine Frau an der Theke aus schwarzem Marmor in Harry's Bar. Und im gleichen Wortlaut richtete der Maler die beiden Sätze in der Folge noch den ganzen Abend hindurch abwechslungsweise an meine Frau, an Milena und an mich.

Die Trennung von seiner Frau schien dem hageren Mann stärker zu schaffen zu machen, als er zuzugeben bereit war. Aber er trank, als wir zu ihm stiessen, nicht etwa einen Whisky, sondern einen Daiquiri.

Er tue das, sagte der Maler, zu Ehren von Hemingway, da dieser Mann auch *qualche difficoltà* oder *some trouble,* wie er wohl gesagt haben würde, mit den Frauen gehabt habe, obwohl sein Lieblingsgetränk in dieser Bar der vom alten Cipriani gemixte Martini dry gewesen sei.

Montgomery habe Hemingway den aus fünfzehn Teilen Gin auf einen Teil trockenen

Wermut bestehenden Cipriani-Martini getauft, weil der englische Feldherr, wie der Schriftsteller mit bösem Spott behauptete, immer nur dann angegriffen habe, wenn seine Übermacht mindestens fünfzehn zu eins betrug.

Hemingway habe den Winter neunzehnhundertachtundvierzig in Venedig verbracht. Er sei damals neunundvierzig Jahre alt gewesen und habe sich in eine bitter zarte Romanze mit einer neunzehnjährigen Contessa verstrickt. Und getreu seinem Motto, ein Mann solle nur über das schreiben, was er selbst erlebt habe, habe er das Abenteuer im zwei Jahre später erschienenen Roman *Über den Fluss und in die Wälder* verarbeitet.

Mit diesem Buch, einer Art Tod in Venedig *the american way* – ein alternder amerikanischer Kriegsheld erlebt im Schatten des Todes eine letzte Liebe zu einem jungen Mädchen –, habe der Schriftsteller der Kneipe seines Freundes und Trinkkumpanen Giuseppe Cipriani zu literarischem Ruhm verholfen. Das Buch sei zwar eine ziemlich kitschige Angelegenheit, aber Harry's Bar, in der es streckenweise spiele, sei dank ihm zu einer Kultstätte der Wir-sind-noch-einmal-davongekommen Generation geworden.

Aber was wir, fragte Alarico, trinken wollten. »Tu m'aimes, oui ou non? Sinon je bois un whisky!«

Milena entschied sich für einen Bellini, den nach dem Martini zweitberühmtesten Drink von Harry's Bar, und meine Frau wollte dessen Stiefbruder probieren, den wegen des grossen Erfolgs des Bellini später noch nach geschobenen Tiziano.

Ich selber bestellte aus Sympathie zu Alarico und einer gewissen Affinität zu Hemingway einen Daiquiri, und der venezianische Maler liess sich selber, da wir ihm alle drei, Milena, meine Frau und ich, versicherten, dass wir ihn liebten, gleich auch noch einen weiteren Cocktail aus weissem Rum und Limonensaft mixen.

Der Bellini, den Giuseppe Cipriani, wie Alarico erzählte, neunzehnachtundvierzig zum ersten Mal gemixt und nach dem Renaissance-Maler Giovanni Bellini genannt habe, besteht zu zwei Dritteln aus dem Veneto-Schaumwein

Prosecco und zu einem Drittel aus dem Saft von weissen Pfirsichen. Beim Tiziano wird anstelle des Pfirsichsafts roter Traubensaft verwendet.

Der alte Mixbecher, mit dem der Mann, der sich zu einem der genialsten italienischen Hoteliers entwickelte, diese Wunder zubereitet hatte, ist in einem Glaskasten gleich links neben der Eingangstür zum eher kleinen, in seinem Grundriss nur etwa vierzig Quadratmeter umfassenden Barraum zu besichtigen.

Neben einem halben Dutzend lederbezogenen Barhockern, von denen wir vier belegten, standen noch etwa ein Dutzend schlichte runde Holztische mit Stühlen, die ebenfalls mit braunem Leder bezogen waren.

Der Raum war angenehm schmucklos. Es gab weder Samt noch Kerzenschein, weder Lüster noch Spiegel und all den anderen überflüssigen Firlefanz, mit dem man üblicherweise venezianische Stimmung zu schaffen versucht.

Während wir unsere sowohl für die Nase wie für den Mund geschmackvollen, mehr oder weniger alkoholhaltigen Getränke genossen, erzählte Alarico die Geschichte von Harry's Bar.

Neunzehnhundertneunundzwanzig mixte der junge Giuseppe Cipriani, Sohn armer italienischer Wanderarbeiter, an der Bar des Nobelhotels EUROPA Drinks für die wenigen Menschen, die es sich trotz der Wirtschaftskrise noch leisten konnten, Gäste in einem Nobelhotel zu sein. Unter diesen Menschen befanden sich drei Amerikaner: Harry Pickering, ein junger Student, seine Tante und ihr jugendlicher Liebhaber, der Besitzer eines schwarzen Pekinesenhundes. Eines Morgens, nach einer durchzechten Nacht an der Bar, waren die Tante und der Liebhaber verschwunden. Zurückgeblieben waren Harry, der schwarze Pekinese, der die Unart hatte, grundsätzlich nur an feinen Flanellhosen das Bein zu heben, und viele unbezahlte Rechnungen. Der gutmütige Giuseppe hatte Mitleid mit Harry und lieh ihm alles Geld, das er auf eine eigene Bar hin gespart hatte, umgerechnet etwa fünftausend Dollar. Der junge Pickering bezahlte damit die Hotelrechnung, kippte noch einen letzten Martini und verschwand. Der Pekinese blieb als Pfand bei Giuseppe.

Monatelang kam von jenseits des Atlantiks nur das grosse Schweigen. Doch eines Tages tauchte Harry plötzlich wieder auf, zahlte jeden Cent seiner Schulden und schenkte Giuseppe zusätzlich noch zwanzigtausend Dollar. Zinsen, wie er es nannte, denn Harrys Vater war Millionär. Und so konnte Giuseppe schon neunzehnhunderteinunddreissig in einem ehemaligen Seillager, das sich nur einen Steinwurf vom EUROPA entfernt befand, seine Bar eröffnen, die er als Dankeschön an seinen Wohltäter »Harry's Bar« nannte.

Als seine Frau ein Jahr später einen Sohn gebar, nannte Giuseppe ihn Arrigo: Harry auf Italienisch. Arrigo studierte Jura, aber sein Vater stellte ihn gleich nach dem Examen hinter die Theke. Das ist etwas Solides, soll er gesagt haben. Durst hätten die Leute immer.

Heute, so Alarico, führe Arrigo, nachdem sein Vater an Ostern vor einem Jahr gestorben sei, die Bar, die schon immer seinen Namen getragen habe. Arrigo sei Karatemeister und Boogie-Woogie-Tänzer aus Leidenschaft, Kochbuchautor und Sportfischer und so etwas wie der heimliche Gastrokönig von Venedig.

Alle wirklich grossen Trinker der Welt hätten an der Theke der Ciprianis ihr Dasein genossen. Der Adel Europas sei hier ein und aus gegangen, der Jet-Set der jeweiligen Zeit, Staatsmänner, Bankiers, Könige, Schauspieler, Maler, selbst die deutsche Wehrmacht, die die Bar neunzehnhundertdreiundvierzig beschlagnahmt und aus ihr bis zum Ende des Kriegs ein Offizierskasino gemacht habe. Der Erfolg von Harry's Bar sei so gross gewesen, dass neunzehnhunderteinundsechzig, in dem Jahr, in dem Hemingway Selbstmord beging, im ersten Stock noch ein Restaurant eingerichtet worden sei, so dass man nun fast hundert Plätze habe.

Was Bar und Restaurant auf die gastronomische Landkarte gebracht habe, sei jedoch weder der Bellini noch der Tiziano und auch nicht der Montgomery, sondern eine ganz andere Erfindung des alten Cipriani. Als der Arzt der etwas blutarmen Contessa Amalia Nani Mocenigo in den fünfziger Jahren eine Diät mit viel rohem Fleisch verordnet habe, habe

Giuseppe für seinen Stammgast nämlich ein Gericht aus hauchdünn geschnittenem, rohem Rinderfilet komponiert, über das er eine mit Zitrone und Worcestersauce gewürzte, bis heute geheimgehaltene Mayonnaise-Flüssigkeit träufelte. Das Ganze habe er, wie hätte er anders können, wieder nach einem venezianischen Renaissance-Maler *Carpaccio* genannt.

Aber nun, so Alarico, müssten wir nochmals was trinken. »Tu m'aimes, oui ou non? Sinon je bois un whisky!«

Diesmal bestellten wir alle vier, auch Milena und meine Frau, Daiquiris, und Alarico liess dazu eine Auswahl kleiner Köstlichkeiten oder schmackhafter Kleinigkeiten auftragen, kleine Blätterteigzaubereien und kleine, verschieden belegte Canapés.

Von einer plötzlichen Beklemmung befallen, dachte ich einen Moment lang, es könnte auf diese Weise, mit den freigebig spendierten alkoholischen Getränken und den verführerisch aussehenden und den Gaumen verwöhnenden Appetizern, zu einer Wiederholung dessen kommen, was wir vor zwei Tagen mit Riccardo erlebt hatten, verwarf diesen Gedanken jedoch sofort wieder. Das hier war mit Bestimmtheit etwas anderes, das Gegenteil von dem, was Riccardo gewollt hatte.

Alarico war die Sache mit Riccardo eher peinlich. Er schien die Geschichte, trotz aller Versicherungen der Frauen, einfach nicht recht glauben zu wollen, und es kam mir vor, als ob er mit der erneuten grosszügigen Einladung so etwas wie eine Art Wiedergutmachung leisten zu müssen glaubte. Eine Art, altmodisch ausgedrückt, Ehrenrettung der Venezianer oder doch zumindest eine Wiederherstellung ihres angeschlagenen Rufs. Und gleichzeitig, stellte ich mir vor, war sein Verhalten uns gegenüber wohl auch eines der Mittel – eines der hilfloseren Art vielleicht –, mit denen er den eigenen Schmerz der Trennung von seiner Frau zu verarbeiten versuchte.

Das lange Warten auf Harry's Bar hatte jedenfalls ein Ende gefunden, und die unerwartete Odyssee, die wir hinter uns hatten, schien der Preis gewesen zu sein, den Milena, meine

Frau und ich dafür hatten bezahlen müssen, dass wir uns jetzt hier befinden konnten.

Während ich den zweiten Daiquiri trank, genoss ich den Umstand, mich zum ersten Mal in meinem Leben in dem damals glücklicherweise kaum halbvollen Raum aufzuhalten, darum auch immer mehr.

Und das Objekt, das mich in dem legendären Interieur schliesslich am meisten faszinierte, war merkwürdigerweise ein höchst banales. Nicht einer der speziell für die Bar angefertigten Steingut-Aschenbecher etwa, von denen im Jahr, so Alarico, an die viertausend Stück geklaut werden, sondern die auf der Anrichtefläche hinter der Theke stehende grosse, elegant und solid konstruierte, ohne besonderen Kraftaufwand von Hand bedienbare, schnell und problemlos zu reinigende, vor allem für die Herstellung von frischem Orangensaft und Zitronensaft verwendete Fruchtpresse.

Das grau und silbern glänzende, aus wenigen Einzelteilen bestehende Gestell schien mir in seiner Einfachheit und seiner Autarkie, seiner Unabhängigkeit vom Netz des elektrischen

Stroms, das ideale Pressinstrument schlechthin zu sein, neben dem es jetzt und in aller Zukunft kein weiteres, anders konstruiertes mehr brauchen würde.

Heute findet man genau dieses Modell, bei dem man nur einen Hebel ohne Anstrengung einmal auf- und einmal abzubewegen braucht, um die Hälfte einer Orange oder einer Zitrone auszupressen, in jedem besseren Küchenladen. Damals hatte ich so ein Ding jedoch noch nie gesehen und war derart von ihm fasziniert, dass ich den Barmann bat, mir seinen Markennamen aufzuschreiben.

Mit einem zum Notizblatt umfunktionierten Rechnungszettel von Harry's Bar, auf dem, wenn ich mich recht erinnere, das Wort HAMILTON stand, suchte ich dann jahrelang vergeblich nach einer solchen Traumpresse. Und auch heute besitze ich den Wundergegenstand nicht, da seine plötzliche Vervielfältigung über die ganze Welt hinweg meine Freude an ihm in einem umgekehrt proportionalen Ausmass verringert zu haben scheint.

Nachdem wir alle einen weiteren Daiquiri getrunken hatten, fragte Alarico, ob wir nun nicht ins Restaurant hinaufgehen wollten, um *un vero*, ein echtes *Carpaccio alla Cipriani* zu essen, aber meine Frau war dagegen. Zweimal Carpaccio am gleichen Tag sei zu viel für sie, meinte sie – morgens die Werke des echten Malers und abends sozusagen dessen Reinkarnation und Wiedergeburt in Scheibchen. Später gestand sie mir allerdings, dass sie das nur gesagt habe, weil sie nicht wollte, dass der Abend für Alarico zu teuer werde.

Alarico war, wie sich herausstellte, ebenfalls ein enthusiastischer Bewunderer der Bildergeschichten aus dem Leben der dalmatischen Schutzheiligen sowie vor allem des Augustinus-Bildes in der Scuola di San Giorgio degli Schiavoni. Er liebte den gebildeten und zu gleich naiven Maler, der, wie er fand, die Technik des Films vorweggenommen habe, da sich bei ihm auf Türmen, Brücken und Balkonen immer Zuschauer drängten, die das wie in Momentaufnahmen dokumentaristisch dargestellte Geschehen an sich vorüberziehen lassen würden.

Heute sei das Cipriani-Gericht, das seinen Namen trage, wohl allerdings bekannter als er. »Tu m'aimes, oui ou non? Sinon je bois un whisky!«

Uns weiterhin über den bei den Toten weilenden venezianischen Maler unterhaltend, wechselten wir von Harry's Bar in ein nahegelegenes Ristorante, das eine grosse Holzterrasse besass, die auf einen Kanal hinausging. Und dort, über dem Wasser sitzend, beendeten wir den Abend mit Weisswein, Primo und Secondo piatto und Desserts.

In Venedig, meinte Alarico im Gespräch, das wir während des Essens führten, würden, wie überall auf der Welt, Machtkämpfe geführt. Früher sei das, insbesondere in der monatelang dauernden Karnevalszeit, mit Giftringen geschehen, mit Spazierstöcken, in denen Florettklingen steckten, mit Gebetsbüchern, in die Hohlräume für Pistolen eingebaut gewesen seien. Und die gedungenen Mörder der Serenissima hätten sogar dünne Dolche aus Murano-Glas verwendet, die sie in der Wunde abbrachen, so dass sich die Haut über der Klinge wieder schloss und oft nicht einmal Blut ausgetreten sei. Heute sei die Hauptwaffe allerdings, wie überall, praktisch nur noch das Geld.

Die Wahrheit, von der niemand etwas wissen wolle, so Alarico, sei die: Venedig sei das erfolgreichste Seeräubernest der Geschichte. Venedig, das sei der Erfolg eines Sklavenhändler- und Geheimpolizeistaates, der seinen Reichtum durch den Verrat am Bosporus erlangt habe, durch die Umleitung des vierten Kreuzzugs, der sich gegen Ägypten hätte richten sollen, auf Christen, auf Konstantinopel und das damals christliche Byzanz. Zuvor, vor dem grossen Fischzug in den Jahren zwölfhundertvier/zwölfhundertfünf, sei Konstantinopel die Wunderstadt und Schatzkammer der Welt gewesen, danach Venedig. Und somit sei Venedig auch für die Spaltung Europas und das bis heute bestehende Ost-West-Spannungsfeld verantwortlich. Das Staunen der Welt, die Geliebte der Welt, die Wunderstadt, die Märchenstadt, die Zauberstadt – das, was da bewundert werde, das sei, wie eh und je, der Reichtum. Das sei das, was wir alle haben wollten. Das

Schlaraffenland, das Paradies auf Erden. »Tu m'aimes, oui ou non? Sinon je bois un whisky!«

VII

Die Stadt im Meer im Rücken, glitten wir im hellen Sonnenlicht über den das Wasser teilenden Damm der Freiheit. Es war wie in einer modernen Version des Auszugs der Israeliten aus Ägypten. Statt dass die Wasser uns zur Rechten und zur Linken wie Mauern standen und wir uns in ihrem Halbschatten auf dem trockengelegten Grund des Meeres bewegten, hatte der Boden sich gehoben, und wir sahen auf die sich neben uns ausbreitenden, blauschwarz leuchtenden und silberweiss glitzernden, hin und wieder grell aufblitzenden Wasserflächen hinab.

Verfolger konnten wir keine ausmachen. Vor, hinter und neben uns glitten weitere Fahrzeuge aufs Festland zu. Und auf der Gegenfahrbahn bewegte sich ein ähnlicher Wagenstrom in gleicher Geschwindigkeit aufs Meer hinaus.

Trotzdem glaubte ich im Nacken den Atem schwarzer Hunde zu spüren. Das heisse Schnaufen von Geschöpfen, die mir seit langem vertraut sind. Von Wesen, geformt aus

Erinnerungen der unguten, schrecklichen, angsteinflössenden Art, die mit ihren immer wieder anders geprägten Nachkommen aus dem Schattenreich der Vergangenheit auftauchen und ihre Opfer in gefährlicher Weise bedrängen und unter ungünstigen Umständen verschlingen.

Diesmal hätten es, wie mir schien, allerdings auch Abkömmlinge des aus dem Labyrinth entflohenen Minotaurus sein können. Nachkommen des Stiermenschen, der, entgegen der allgemein verbreiteten Ansicht, nicht von Theseus getötet worden ist, sondern weiterlebt. Ungeheuer, für die man überall auf der Welt immer wieder vergeblich neue Labyrinthe baut, da die unbestimmbaren Zwitterwesen stets neue Auswege finden, um sich zu vermehren und zu verbreiten.

Auch ein so vertrackt kunstvolles Gebilde wie das über Jahrhunderte hinweg gewachsene, aus Steinen, Luft und Wasser bestehende Venedig genügt da nicht. Denn diese Wesen sind ursprünglich schon im kompliziertesten Labyrinth entstanden, das es auf der Welt gibt: in dem in einem hochkomplexen, ständig werdenden und vergehenden Körper eingebetteten menschlichen Gehirn.

Und da der Stierkopf sich inzwischen wieder in einen Menschenkopf verwandelt hat, gibt es auch keine äusseren Zeichen der Unmenschlichkeit mehr. Die Unmenschlichkeit hat sich ins Körperinnere zurückgezogen, so wie der menschliche Körper und das menschliche Gehirn Bestandteile der Labyrinthe geworden sind, die sie zu ihrem Schutz hatten hervorbringen wollen.

Als Alarico über Karneval und Machtkämpfe sprach, hatte er gesagt, dass Venedig ebenso eine Stadt der Wollust wie der Grausamkeit und des Todes sei. Die Gondeln seien fürs Liebemachen prädestiniert. Jeder Ruck des Gondelführers mit dem Ruder sei ein Wolluststoss. In den Gondeln werde aber auch gemordet. Venedig sei der Orient mitten im Okzident. Stadt der Intrigen, Karnevalsstadt, alles in einem. Lebenslust und Lebenshass, Doppelleben, Falschheit, Heuchelei, Grausamkeit, Sex, Grossmut, Weitsicht, Sinnesgenuss, Liebe.

Ein Narrenschiff, dachte ich, nicht nur zur Karnevalszeit, sondern auch sonst, so wie die Welt, die Erde, dieser merkwürdige Planet, eines ist. Ein Machtzentrum, in dem keine Macht mehr ausgeübt wird. Die Menschenmacht ist leer geworden, absurd, kontraproduktiv, gegen sich selbst gerichtet.

Ein Narrenschiff, ein Totenschiff. Das Grab unendlich vieler Menschen, Tiere und Pflanzen. Ein Totenschiff, auf dem heute gleichzeitig mehr Menschen zusammenleben, als vorher insgesamt je gelebt haben und in ihm begraben sind.

Und ebenso doppeldeutig und paradox, schien mir, war der Name *Ponte della Libertà*, da dieses Bauwerk die Inselstadt, die einst nur vom Meer, auf dem Seeweg, zugänglich war, nicht befreit, sondern im Gegenteil für die Eroberung durch die Touristenströme freigegeben hat.

Um wieder wirklich frei zu sein, dachte ich, müsste man diesen Damm vielmehr in die Luft sprengen und mit ihm das ganze Industriegebiet von Porto di Marghera.

Alarico hatte gesagt, Albrecht Dürer habe am Ende seines Venedigaufenthalts in einem Brief geschrieben: »Ach wie wird mich nach der Sonne frieren. Hier bin ich ein Herr, zu Hause ein Schmarotzer.«

Neben dem Rauschen der Autos glaubte ich hinter uns plötzlich Musik von Richard Wagner zu hören. Den Hymnus »O sink hernieder, Nacht der Liebe« aus dem zweiten Akt des *Tristan*, den der deutsche Grossmeister in Venedig komponiert hatte, ehe er, vierundzwanzig Jahre später, im Wissen darum, dass es dafür keine passendere Bühne gab, in der Lagunenstadt seinen eigenen Tod inszenierte.

Im Rückspiegel sah ich die Fluchtlinien, in denen zwischen Himmel und Meer die Wasserstadt zusammenschoss.

In den Jahren meiner zweiten Ehe, deren Turbulenzen mich lange nicht dazu kommen liessen, die Geschichte dieser Venedigreise zu schreiben (ich kannte meine zweite Frau, als die Begebenheit sich ereignete, zweieinhalb Jahre, wir heirateten vier Jahre später, am 24. Dezember), habe ich mich immer wieder gefragt, wie ich mich verhalten hätte, wenn ich ein Mörder geworden wäre.

Denn für mich waren und sind, im Gegensatz zu dem, was die Frauen empfanden und empfinden, nicht die verbalen sadomasochistischen Attacken des venezianischen Kollegen, die ich in ihrem wichtigsten Teil gar nicht bewusst miterlebt hatte, das Unerhörte an dem Geschehen. Für mich war und ist das Unerhörte an ihm der Umstand, dass ich ein Mörder hätte werden können.

Was, fragte ich mich, tut man als Mörder? Hatte ich weitergeschrieben? Hätte ich am Roman weitergeschrieben? Hätte ich so weitergeschrieben, wie ich das bisher getan hatte? Hätte ich anders geschrieben? Oder hätte ich überhaupt nicht mehr geschrieben?

Wäre ich ein Mörder geworden, sagte ich mir, wäre aus dem Unerhörten in der Öffentlichkeit zweifellos noch etwas Sensationelles gemacht worden. Man stelle sich die Schlagzeile vor: »Mord in der Lagunenstadt - Schriftsteller tötet Schriftsteller!«

Aber ist das wirklich so?

Ist ein Mord heute wirklich noch etwas Sensationelles?

Je länger ich darüber nachdachte, desto deutlicher erkannte ich, dass das wirklich Sensationelle an der Venedig-Episode etwas war, das über das Unerhörte eines möglich gewesenen Mordes hinausging.

Das Sensationelle an der Begebenheit war, dass, ob wohl ein Mord hätte stattfinden können, *kein* Mord stattfand.

Das Unerhörte ist nicht, dass ein Mord geschehen kann, sondern dass im entscheidenden Moment kein Mord geschieht. Nicht der Mord ist das Besondere, der Nicht-Mord ist es.

Mord war immer eine relative Grösse und gehört zum Menschen wie der aufrechte Gang und das Bewusstsein der eigenen Sterblichkeit. Mit Kain und Abel begann der Brudermord – und ein nur beabsichtigter und bloss wegen einer Kleinigkeit nicht ausgeführter Mord ist für manche Menschen deshalb vielleicht banal und kein Problem.

Denn in seinem Kopf mordet der Mensch ständig. Abraham war bereit, seinen Sohn Isaak zu töten, und hätte die Tat intellektuell sogar als Opfer rechtfertigen können.

Niemand ist davor gefeit, ein Mörder zu werden. Es gibt Individualmorde, Kriege, Völkermorde. Auch Kulturmenschen sind nicht davor sicher, Unmenschen zu werden – weder als Individuen noch als Gruppe. Gerade bei Intellektuellen gibt es im Gegenteil oft ein merkwürdiges Verhalten in Bezug auf moralphilosophische Fragen, was vielleicht damit zusammenhängt, dass sie die Welt und das Leben besser aus Büchern als aus der Wirklichkeit kennen.

Doch besteht die Kunst des Lesens nicht auch im Vergleichen des Geschriebenen mit dem Gelebten? Wo steht gelebtes Leben hinter dem Geschriebenen, wo wird bloss behauptet, hinter dem Geschriebenen stehe gelebtes Leben?

Wieder auf der *terraferma*, bogen wir in die Serenissima ein, die A4, der man den gleichen Ehrentitel wie Venedig gegeben hat, und fuhren, mal mit Sicht aufs Meer, mal ohne, nach Duino.

Die Strada Statale, der wir nach dem Verlassen der Autobahn folgten, führte durch eine felsige Küstenlandschaft, an gelbem, hell aufleuchtendem, den Sommer hindurch dürrgebranntem Gras vorbei, und nach und nach blieben die schwarzen Hunde zurück. Ihr heisser Atem wurde schwächer, bis wir sie ganz abgeschüttelt zu haben schienen.

Sie blieben, wie ich annahm, irgendwo am Strassenrand stehen und begaben sich dann, etwas weniger stark hechelnd, zwischen die Felsblöcke, wo sie sich nach einer Weile, weiterhin schwer atmend, aufs Gras legten und darauf warteten, dass ihre Kräfte zurückkehrten.

Immer wieder sahen wir jetzt auf die grosse blaue Fläche des Meers hinaus, auf die scheinbar völlig ruhig im Sonnenlicht daliegende Wassermasse, auf der keine Schiffe und auch sonst keinerlei Anzeichen einer Anwesenheit des Menschen auszumachen waren, unter einem ebenso unberührt scheinenden, mit weissen Wolken durchzogenen, sonnenhell leuchtenden blauen Himmel.

Ich hatte das Gefühl, das sich um uns herum, trotz des Geräuschs des Automotors und der leichten Brise, die wehte, ein Raum der Stille auszubreiten begann. Die Labyrinthvorstellungen, die eben noch meinen Geist beschäftigt hatten, verblassten. Die Bilder von Mauern, von Bauten jeglicher Art, von letztlich immer irgendwie dunkel, einengend und erdrückend wirkendem Menschenwerk, lösten sich auf. Ich spürte über mir und um mich herum nur noch die immense Weite des Himmels. Ein Gefühl der Befreiung und der Freiheit durchströmte mich.

Als links und rechts der Strasse die ersten Häuser von Duino auftauchten, nahm ich jedoch bereits die ersten Regungen eines Jagdfiebers wahr, das mich, wie ich wusste, bald ganz in seinen Bann ziehen würde.

Die Ahnung erwies sich als richtig. Die Strasse führte direkt auf den an eine Häuserreihe angebauten, halb von Efeu überwachsenen Torturm zu, der, für Uneingeweihte nicht erkennbar, das unscheinbare Hauptportal zu einem geschlossenen, früher einmal vielleicht sogar als heilig bezeichneten Bezirk war.

Mit einer Dachzinnenreihe konnte man am Ende eines Parkareals, das sich selbst zu genügen schien, von der Strasse aus hinter Baumwipfeln gerade noch das Kastell sehen, das auf einer steil zum Meer abfallenden Felswand sitzt.

Hier begann Rainer Maria Rilke seine Elegien zu dichten: »Wer, wenn ich schriee, hörte mich denn aus der Engel Ordnungen? ... Aber das Wehende höre, die ununterbrochene Nachricht, die aus Stille sich bildet ... der riesige Ruf ... Uraltes Wehn vom Meer, welches weht nur wie für Ur-Gestein, lauter Raum reissend von weit herein ... O wie fühlt dich ein treibender Feigenbaum oben im Mondschein.«

Vor dem Turm, den ich zuvor weder in Wirklichkeit noch auf Abbildungen je gesehen hatte, verzweigte sich die Strasse. Nach rechts führte sie, an einer nach vorn weiterwachsenden langen, abweisenden, nackten Mauer vorbei, den Hang hinunter, wie ich annahm, zum Meer. Der linke Ast der Gabelung drang bei der verwinkelt gebauten Häuserreihe weiter ins Dorf hinein.

Ohne zu zögern, bog ich, in der Hoffnung, eine Unterkunft unmittelbar am Meeresufer zu finden, nach rechts ab.

In halber Hanghöhe hielt ich auf dem schräg hinunterführenden Weg kurz an, weil das weiter weggerückte Schloss von der Seite her jetzt über einer bewaldeten Flanke des zum Meer abfallenden Felsvorsprungs voll zu sehen war. Mich bei den Frauen entschuldigend, stieg ich aus und machte von der imposanten, sich vom blauweissen Himmel abhebenden, sonnenbeschienenen kompakten gelbgrauen Turm- und Wohnanlage ein paar Fotos.

Das Jagdfieber hatte mich gepackt. Meine Konzentration galt ausschliesslich dem Aufnehmen der Umgebung. Mich interessierte nur noch das In-mich-hinein-Nehmen von allem, was sich um mich herum befand. Mein Hauptanliegen war das Aufsaugen der mich umgebenden Objekte und ihrer Atmosphäre in jeder mir möglichen Weise.

Das venezianische Zwischenspiel war im Begriff, in den Bereich des Vergessens zu sinken. Aber irgendwo, weit hinten, in einem dunklen Winkel, war es weiterhin vorhanden. Lauernd, sprungbereit. Darauf vorbereitet, bei der nächstgünstigen Gelegenheit wieder nach vorn zu schnellen.

Als am Ende der Strasse eine wohltuend gewöhnlich aussehende, wie unbelebt und vom Tourismus unberührt daliegende kleine Hafenanlage mit zwei, drei Häusern vor uns auftauchte, war das Schloss wieder ausser Sichtweite geraten.

Ein dreistöckiges, nur wenige Meter vom Wasser entferntes Gebäude trug, wenn ich mich recht erinnere, den Namen AL CAVALLUCCIO, *Zum Seepferdchen*, und wurde von einem aus Jugoslawien stammenden unverheirateten Paar mittleren Alters als Ristorante-Locanda-Bar geführt.

Zimmer, die aufs Meer hinausgingen, waren frei. Ausser uns schienen keine Gäste da zu sein. Und nachdem wir die Räume bezogen hatten, stiegen wir, auf mein Drängen hin, sofort wieder ins Auto und machten uns auf die Suche nach der grossen Doline. Auf den Weg zu jener geologischen Besonderheit im hügeligen Karsthinterland, derentwegen ich unbedingt hierher hatte fahren wollen.

Vom Naturphänomen der Karst-Doline, die sich in einer Distanz von höchstens einigen hundert Metern Luftlinie vom Schloss entfernt befinden musste, hatte ich zum ersten Mal erfahren, als ich mit meiner Frau zwei Jahre zuvor für einige Tage bei einem ausserhalb von München wohnenden deutschen Regisseur zu Besuch gewesen war und in der *Süddeutschen Zeitung* einen Bericht über die geplante Aktion eines Münchner Musikers gelesen hatte, die sich an diesem Ort abspielen sollte.

Auf den Artikel aufmerksam geworden war ich durch das ihm beigefügte Foto, das den Musiker zusammen mit dem Principe Raimondo della Torre e Tasso, dem damaligen Schlossherrn von Duino und Chef der österreichischen Linie der Thurn und Taxis, zeigte.

Der Fürst und der Komponist hatten sich kennengelernt, als an der Münchner Staatsoper ein Rilke-Ballett des Musikers und Leiters der Experimentierbühne aufgeführt worden war, dessen Choreographie dieser dem Principe gewidmet hatte.

Der Fürst hatte dem Musiker von der kraterartigen Vertiefung auf seinem Land erzählt, einem einmaligen Spielort, wie er meinte, den er schon lange einem Publikum zugänglich machen wollte. Und der Komponist, der schon seit Jahren Musik und Natur zusammenzuzwingen versuchte, hatte den Prinzen als Schirmherr und Mäzen für ein unkonventionelles Theaterexperiment gewinnen können, bei dem wichtige Hörerlebnisse neu entdeckt werden sollten.

Schon beim Anblick des Fotos und der Legende hatte ich gewusst, dass da ein potenzieller Romanstoff schlummerte. Ich hatte die Geschichte gerochen, gewittert. Alles, was man für eine Erzählung brauchte, schien vorhanden zu sein. Man hätte nur den Fährten, die erkennbar waren, folgen müssen. Was ich ebenfalls wusste, war jedoch, dass ein Sicheinlassen auf solche Verfolgungsjagden meist in harte Arbeit mündete.

Trotzdem tauchten in meinem Kopf immer wieder Ideen zu dem Stoff auf, die ich notierte. Ein Jahr später schrieb ich die ersten Seiten, und nun war ich hier.

Ohne weitere Informationen zu besitzen als die vagen Angaben aus der Zeitung – »vom Meer nur durch einen Erdwall getrennt, liegt auf dem fürstlichen Karstgebiet ein einsamer, ebenmässiger, bewachsener Krater« –, fuhr ich, ganz meinem Instinkt folgend, aus den Häusern Duinos hinaus, unter der Autobahn und der zweigleisigen Bahnlinie Venedig-Triest hindurch, und danach auf einem immer weniger ausgebauten Weg weiter ins hügelige Hinterland hinauf.

Wir kamen an Wegweisern vorbei, auf denen gleichzeitig italienische und slowenische Namen standen. Wir begegneten Fahrverbotstafeln, die ich ignorierte. Wir traversierten eine wiesenartige Lichtung mit einem verfallenden Gehöft.

Und dann, als der Weg in einem grossen Bogen leicht abwärts in Richtung Meer zurückführte, an einer Stelle, wo über dem aus bewaldeten Hügelrücken gebildeten Horizont wieder ein schmaler Streifen der zeitweise verschwundenen, glitzernden blauen Fläche erschien, sah ich auf der linken Seite über eine wildgewachsene Sträucherhecke hinweg in eine weite Senke hinunter, deren völlig flacher Boden von grünem Gras bedeckt war.

Die fast durchwegs von Sträuchern und Bäumen bewachsenen Hänge um die ovale Vertiefung stiegen wie bei einem antiken Amphitheater ringsum gleich hoch an. Auf der gegen das Meer zu liegenden Südseite fiel Schatten in den Trichter. Sonst lag der Krater im hellen, warmen Licht der inzwischen tiefer stehenden Sonne und strahlte ein fast magisches grünes Leuchten aus.

Ich fotografierte das Loch aus verschiedenen Blickwinkeln und machte Notizen.

Als ich danach noch zur grünen Wiesenfläche hinuntersteigen wollte, protestierten die Frauen allerdings vehement. Ich hatte sie anscheinend, ebenso wie mich selber, vergessen und musste zur Kenntnis nehmen, dass sie über mein Verhalten verwundert waren. Sie schüttelten den Kopf und sahen mich wohl als leicht verrückt geworden an.

Beide spotteten über das »kommune grüne Loch« in dieser, wie sie fanden, uninteressanten, von Schratten und Karren zerfressenen wasserarmen Hochebene. Sie konnten nicht begreifen, was ich in so einer geologischen Banalität sah, und erklärten, dass sie hungrig seien und in die Locanda zurückkehren wollten.

Da ich den beiden mein Romanprojekt in dieser Situation nicht erläutern konnte und wollte, beugte ich mich ihrem Willen, im Wissen, dass ich im weiteren Verlauf meiner Arbeit noch mehrmals in diese Gegend würde reisen müssen.

Die Sonne begann über dem Horizont zu verglühen. Der Himmel verfärbte sich rot. Und als ich vor dem Wegfahren nochmals in den Krater hinuntersah, glaubte ich einen Moment lang, im grösser gewordenen Schatten auf der Meerseite ein paar schwarze Hunde herumgehen zu sehen.

Nachdem wir im Seepferdchen-Restaurant als einzige Küchengäste ein einfaches, aber sorgfältig und mit Liebe zubereitetes Abendessen zu uns genommen hatten, wurde ich beim anschliessenden Weintrinken auf einen jungen Mann aufmerksam, der an der Bar sass.

Ob es sich bei dem braungebrannten, schlanken Burschen um einen Arbeiter oder einen Intellektuellen handelte, wäre schwierig zu sagen gewesen. Er trug einen Pullover und Jeans und unterhielt sich mit dem jugoslawischen Wirt. Als er einmal zu uns sah, grüsste ich ihn und fragte, ob er aus Duino stamme. Er bejahte dies. Wir kamen ins Gespräch, ich bat ihn zu einem Glas an unseren Tisch.

Bruno, so hiess der junge Italiener, kannte, wie sich herausstellte, nicht nur den Principe persönlich, sondern hatte sogar selber an der musikalischen Aktion des Münchner Komponisten in der Doline mitgearbeitet.

Seinem Urteil nach war das Unternehmen allerdings eine ziemlich misslungene Angelegenheit gewesen, die weder beim Publikum noch in den Medien Erfolg gehabt habe. Wirres, konfuses, unverständliches Zeugs, wie er sagte. Deshalb war er auch nicht in der Lage, etwas zu berichten, aus dem ich mir eine konkrete Vorstellung von dem hätte bilden können, was sich in dem Experiment abgespielt hatte.

Mir waren die Einzelheiten aber auch mehr oder weniger egal, da mich an der Sache ohnehin nur die Grundsituation als Stoff für eine Fiktion interessierte.

Was für einen Beruf Bruno hatte, weiss ich nicht mehr. Er schlug sich, glaube ich, vor allem mit Gelegenheitsarbeiten durch und reiste gern. Daneben war er noch *plongeur*, wie man auf Französisch, oder *scuba diver*, wie man auf Englisch sagt, denn in diesen beiden Sprachen verständigten wir uns hauptsächlich. Auf Italienisch wird ein Taucher, wie ich lernte, *subacqueo*, *sub* oder *sommozzatore* genannt. Damit hatten der junge Mann und ich ein weiteres uns gemeinsam interessierendes Gesprächsthema gefunden.

Im Hafen von Monfalcone, der nächstgrösseren Ortschaft in Richtung Venedig, gebe es eine Tauchstation, sagte Bruno. Aber hier herum sei an der Küste nicht mehr viel los. Es würden noch eine Menge Bomben im Wasser liegen, und man könne, wenn ich ihn recht verstanden hatte, eine Art poröse Steine heraufholen, die in ihrem Innern voller Muscheln seien. Um an die Köstlichkeiten heranzukommen, müsse man dann allerdings einen Presslufthammer benutzen.

Bruno war, wie ich nach und nach merkte, stark an Milena interessiert. Wieder war ich erstaunt, was für eine Anziehungskraft die Tschechin auf viele Männer auszuüben schien, und für kurze Zeit leuchtete der dunkle Winkel, in den sich das Venedig-Intermezzo auf seinem Weg in den Bereich des Vergessens zurückgezogen hatte, nochmals auf.

Als ich bei Milena keinerlei Anzeichen des Missfallens erkennen konnte – sie tauschte mit dem jungen Mann im Gegenteil sogar die Adressen aus –, erlosch das Licht jedoch wieder.

Mir war Bruno sympathisch. Den Frauen war er das, wie ich am anderen Tag zu meiner totalen Überraschung erfahren musste, ganz und gar nicht gewesen. Keine von ihnen hatte das in Anwesenheit des jungen Mannes allerdings in irgendeiner Weise gezeigt. Wenn später die Rede von dem Italiener war – und Bruno besuchte Milena zu ihrem Leidwesen sogar einmal in Paris (er sah sich die Ausstellung *Le siècle de Kafka* im Centre Beaubourg an) –, nannten sie ihn beide jedoch nur »l'idiot du village«.

Wer, wenn ich schriee, hörte mich denn aus der Engel Ordnungen? Tu m'aimes, oui ou non? Sinon je bois un whisky!

Den Freitag hatten wir als Heimkehrtag bestimmt. Fern des venezianischen Häusermeers und seiner labyrinthischen Gehirne hatte ich gut und ruhig geschlafen. Zuvor hatte ich am offenen Fenster noch in den schwarzen Himmel und aufs schwarze Meer hinausgesehen, auf den Golfo di Panzano, eine Nebenbucht des Golfs von Triest, und in den Weltraum.

Aber das Wehende höre, die ununterbrochene Nachricht, die aus Stille sich bildet, den riesigen Ruf. Uraltes Wehn vom Meer ...

Beim roten Citroën an der Hafenmauer, zu dem ich mich gegen zehn Uhr begab, stand ein Mann mit einem Besen. Wahrscheinlich ein Angestellter der Locanda. »Non fumare«, sagte er, als ich auf ihn zuging, und deutete auf einen grossen dunklen Fleck, der sich unter dem hinteren Teil des Wagens hervor auf dem Boden ausbreitete.

Da ich kein Raucher bin, begriff ich zunächst nicht. Aber dann roch ich es. Benzin lief aus. Ich hatte keine Ahnung, was passiert sein konnte. Vielleicht war bei der Fahrt durch den Karst eine Leitung beschädigt worden.

Die Sache musste wohl überprüft werden. Unsere Reisepläne hätten gefährdet sein können.

»Donne e motori, gioie e dolori«, sagte der Mann mit dem Besen grinsend – und im dunklen Winkel, in den sich das venezianische Zwischenspiel zurückgezogen hatte, flackerte es.

Nachdem ich die Frauen orientiert hatte, machte ich mich auf den Weg nach Monfalcone, wo es, laut Auskunft der Wirtsleute, eine Vertretung für französische Autos gab. Die Garage befinde sich an der Strasse, die durchs

Industriegebiet zum Hafen führe, in Richtung Panzano-Bagni.

Der Himmel war bedeckt. Es sah aus, als ob es bald regnen würde. Krane und Eisengerüste grosser Werftanlagen erschienen auf der linken Seite der Küstenstrasse. In meterhohen weissen Buchstaben glitt das Wort ITALCANTIERE vorbei.

Zwischen Fabrikgebäuden und Lagerhallen überquerten Geleisepaare die Strasse. Dann erschien über die ganze Breite der Fahrbahn hinweg eine rote Flut, die sich wie in Zeitlupengeschwindigkeit voranbewegte.

Eine gewaltige rote Welle kam mir entgegen, die aus vielen kleinen roten Wellen zusammengesetzt war, aus Bewegungsteilchen, die wild in alle Richtungen züngelten, insgesamt jedoch ausnahmslos im Dienst der grossen roten Masse standen.

Es war wie bei Macbeth, als dieser verrückt geworden war und am Ende, kurz vor seinem Tod, in der aussichtslosen Lage, in der er sich befand, glaubte, der Wald von Birnam rücke gegen ihn vor. Nur dass der Wald hier nicht grün, sondern rot war.

Alles, was ich tun konnte, war, das Auto an den Strassenrand zu steuern und zu warten, bis die Flut herangekommen und vorbeigezogen war.

Unter dem grauen Himmel verwandelte die rote Welle sich in ein Meer roter Fahnen, in dem gelbe, schwarze und weisse Sicheln, Hämmer und Buchstaben schwammen. Dazwischen tauchte ab und zu weisser Stoff mit schwarzen und roten Buchstaben auf. Das häufigste Wort, das die Buchstaben bildeten, war SCIOPERO.

Ich sah die Menschen unter der roten Welle. Ich sah die Träger der roten Flut, wie sie in einem gespenstischen Schweigen, nur die Geräusche der Schritte waren zu hören, marschierten. Und ich sah die einst rosa gesehene rote Zukunft Europas, die sich hier ankündigte und abzeichnete – die soziale Gewalt, Bürgerkriege, Revolutionen.

Auf der Windschutzscheibe erschienen Regentropfen. Ins gedämpfte Geräusch der Schritte mischte sich leises Trommeln auf der

Autokarosserie. Aus seinem dunklen Winkel schnellte das venezianische Zwischenspiel hervor und blendete sich grell in die Röte ein.

Ich sah Riccardo vor mir, wie ich ihn bisher noch nicht gesehen hatte, als eine Figur in einem grösseren, ein einzelnes Menschenleben übergreifenden Geschehen. Ich sah, wozu Menschen fähig sein konnten, wenn die Verhältnisse so waren, dass sie ihnen erlaubten, alles zu tun, was sie wollten. Wenn die Dämme brachen und es nicht nur um Müdigkeit und ums Schlafenkönnen oder ums Nichtschlafenkönnen ging, sondern ums nackte Überleben.

Ich sah mich selber, wie ich bereit gewesen war zu töten. Alles andere war mir völlig egal gewesen. Ich hatte nur noch schlafen wollen. Töten war kein Problem gewesen, keine Frage, keinerlei Überlegung wert. Töten war reine Notwendigkeit. Die Konsequenzen interessierten mich überhaupt nicht. Alles, was ich wollte, war, dass der Schlafverhinderer verschwand.

Ich sah ein wiedererstarktes, total verrückt gewordenes, durchdrehendes liberales Wirtschaftsbürgertum, das eine Neuauflage des

Sklaventums zu inszenieren versuchte, und ich sah eine Revolte der Lebenskräfte, in der die schlimmsten Perversionen die einzigen noch gebliebenen echten Lebenserfahrungen zu sein schienen, mit denen die Menschen auf die zunehmende Künstlichkeit des Lebens reagieren konnten.

Ich sah, wie das Chaos wieder einmal in den kuriosesten, grässlichsten Formen gebannt werden sollte. Ich sah, wie es wieder einen fruchtbaren Boden für verblendete, verdrehte Machiavelli-Anhänger, für Nietzsche und Wagner, für Hohlwelt- und Welteistheorien, für Ordensburgen, schwarze Mönche und Massenopfer geben würde. Ich sah, wie die schwarzen Hunde wieder ungehindert auf der ganzen Welt würden herumziehen können.

Böses wird Lust, Lust wird böse. Weisse Lava wird rote Lava.

Der Schwanz des Mannes kann so hart werden, dass er fast zu platzen droht und man eigentlich mit einem grossen Hammer ununterbrochen draufhauen müsste, damit er seine Härte endlich wieder verliert. Es pocht und klopft darin, dass man meint, die Haut könne das nicht mehr aushalten und werde nächstens explodieren. Alles fliesst in die Härte hinein, der ganze Körper inklusive Gehirn.

Aber nicht bei jedem Mann führt das zu einer Faschismustheorie, die alles rechtfertigt. Nicht jeder Mann sagt, wie das Riccardo und wer weiss wie viele unzählige andere Männer wohl noch sagen würden: »Der Mensch kann tun und lassen, was er will. Alles ist natürlich. Der Mensch ist ein Teil der Natur, also ist auch alles, was er zu denken und zu tun imstande ist, ein Teil der Natur. Eine Frau ficken zu wollen ist die natürlichste Sache der Welt. Und am allernatürlichsten ist es, die eigenen Töchter zu ficken.«

In der Luft lag der Geruch der Barbaren, die Céline hatte kommen sehen und mit denen er mitgezogen ist, um die Welt in eine universale Dunkelheit zu stürzen.

Dieses Diabolische, das im Menschen ist, sei er auch noch so kultiviert: was ist es?

Nicht nur das Gehirn Riccardos und der Venezianer ist ein Labyrinth wie ihre Stadt, sondern das jedes Menschen.

Ich hatte der Macht des Bösen ins Auge gesehen, jener Kraft, die das dem Menschen Unmögliche will und unter den verschiedensten Erscheinungsformen, die unsere abgestumpften Sinne nicht mehr erkennen können, versteckt ihr Unwesen treibt, bevor sie zu einem grossen, die Menschheit und die Welt bedrohenden Schlag ausholt.

Das wahrhaft Böse ist, wie das wahrhaft Heilige, eine geistige Kraft, die der vom Materialismus übersättigte Mensch, dessen Natur von Konventionen, Zivilisation und Erziehung betäubt und überdeckt wird, überschätzt oder unterschätzt.

In der Garage fand man heraus, dass sich im Benzintank auf etwa halber Höhe ein Loch befand. Im Karst hatte ich jedoch keinen Aufprall verspürt und nirgends Schwierigkeiten bei der Durchfahrt gehabt. Ich konnte mir das Loch nicht erklären. Aber es war da und musste repariert werden.

Dann war mir plötzlich alles klar. Ich erinnerte mich, dass ich in Paris bei einem Rückwärtsparkiermanöver gegen einen etwa kniehohen Sperrpfosten aus Stein gefahren war, damals aber gemeint hatte, es habe dem Wagen nichts gemacht. Ein hässliches Kratzgeräusch war zu hören gewesen. Ich hatte grässlich über den penisartigen Mini-Menhir geflucht, mich beim Besichtigen des, wie ich glaubte, minimen Blechschadens aber wieder beruhigt. In Wirklichkeit war, wie ich nun sicher wusste, schon damals das Loch im Tank entstanden, und ich begriff jetzt auch, warum wir, zur Empörung des armen Giorgio, der den Treibstoff bezahlen musste, für die Fahrt von Paris nach Venedig so viel Benzin gebraucht hatten. Combien d'essence mange cette bagnole française de merde?

Ein neuer Tank musste eingebaut werden. Ich rief meine Frau an, trank Kaffee, wartete. Die Mittagspause schien endlos zu dauern. Gegen halb vier war der Wagen fertig. Gegen fünf konnten wir Duino verlassen.

Der Nachtzug, den Milena in Mailand nehmen wollte, fuhr kurz vor zehn, und wir schafften es, um neun Uhr auf dem Bahnhofplatz zu sein. Wir schauten der dunkelhaarigen Frau nach, bis sie im Haupteingang verschwunden war. Dann fuhren wir nach Norden weiter.

Seit dem Vormittag regnete es ununterbrochen, und Mailand kam mir in dieser Nacht besonders schwarz und abweisend vor. Die elektrische Beleuchtung schien reduziert worden zu sein. Es gab kaum Leute in den Strassen. Die Häusermauern waren nass und glänzten kalt.

Während Milena in westlicher Richtung auf den Alpenbogen zuglitt, um nach Paris zurückzukehren, überquerten wir das Gebirge in seiner Mitte. Im Autoradio sangen THE ANIMALS: »I'm just a soul who's intentions are good, oh Lord, please, don't let me be misunderstood.«

Auf der anderen Seite des langen Tunnels entschlossen meine Frau und ich uns plötzlich, in der Touristenstadt am grossen See zu übernachten. Eine alte Freundin hielt dort in ihrem Hotel zu jeder Tages- und Nachtzeit ein Zimmer für uns bereit, und wir wollten uns, bevor wir am nächsten Tag die restlichen anderthalb

Stunden nach Hause fuhren, noch etwas von ihr verwöhnen lassen.

Am Samstagabend rief uns Milena an und erzählte, dass sie beinahe nicht von Mailand weggekommen sei.

Sie habe fast kein Bargeld mehr gehabt, und am Fahrkartenschalter habe man ihre Carte bleue nicht akzeptieren wollen. An diesem Abend habe sie mit ihrer Kreditkarte nirgends mehr Geld beziehen können, und die Aussicht auf eine Nacht in einem der billigen Absteigehotels um den Bahnhof herum oder in einem teuren Hotel, wo man ihre Karte akzeptiert hätte, sei auch nicht gerade verlockend gewesen.

Wie durch ein Wunder habe sich dann aber ein Mann, der in der Reihe hinter ihr gestanden habe, eingeschaltet und ihr angeboten, die Fahrkarte für sie zu bezahlen.

In der Annahme, der Mann würde ihr seine Adresse geben, damit sie ihm das Geld zurückschicken könne, habe sie das Angebot dankbar angenommen. Aber als sie sich einen Augenblick später umgesehen habe, sei der Mann verschwunden gewesen. Sie habe im Zug noch nach ihm Ausschau gehalten und auch beim Aussteigen am Morgen in der Gare de Lyon in Paris, ihn aber nicht mehr entdecken können. Und jetzt wisse sie schon fast nicht mehr, wie er ausgesehen habe.

Die ganze Geschichte komme ihr wie ein Märchen vor, sagte Milena. Es sei fast so gewesen, als ob sie für die Horrornacht, die wir in Venedig erlebt hatten, hätte entschädigt werden müssen.

Meine Frau und ich begegneten Riccardo zwei Jahre später (1983, dem Jahr mit dem extrem heissen Sommer in den USA und Europa) noch einmal in Rom. Wir hatten zuvor ein Vierteljahr in New York gelebt, und die erste Arbeit, die meine Frau danach wieder auf unserem Heimatkontinent erhielt, war eine Kostümausstattung von Donizettis *Lucrezia Borgia* im La Fenice in Venedig.

Die Anfertigung der Kostüme wurde dem Atelier Tirelli in Rom übertragen, und meine Frau wohnte während dieser Zeit in der römischen Wohnung einer rumänischen Sängerin.

Die Wohnung wurde noch von einer älteren, ebenfalls aus Rumänien stammenden Gesangslehrerin bewohnt, die sich als eine Art Haushälterin um alles kümmerte und in Abwesenheit der Sängerin dort zudem ihre Gesangsschüler empfing.

Meine Frau verlebte mit der kleinwüchsigen, energischen, lebensfrohen Lehrerin und der damals vorübergehend in der Wohnung weilenden Tochter der Sängerin eine sehr vergnügliche Zeit, und sie lud mich ein, für eine Woche in den Drei-Frauen-Haushalt zu kommen.

In Roms Innenstadt, in Trastevere, in den Aussenquartieren und um Rom herum waren wir dann jeden Abend irgendwo zu Gast. Und tagsüber, wenn meine Frau nicht zu Tirelli gehen musste, lernten wir die Gesangsschüler kennen, für die Bissy – dies war der Vorname der Lehrerin – meist auch noch kochte: einen Bankdirektor, einen Bankangestellten, einen sizilianischen Tenor, einen Japaner, der das beste japanische Restaurant in Rom besass, einen vor Papa Doc und Baby Doc geflüchteten Haitianer, einen argentinischen Architekten, die Frau eines römischen Restaurantbesitzers und Mafiabosses.

Einmal waren wir am Abend Gäste im Restaurant des japanischen Gesangsschülers, und an einem Sonntag öffnete der Mafiaboss um zwölf Uhr mittags sein Restaurant nur für uns, nahm uns in die Küche mit und bereitete die von uns im Kühlschrank ausgewählten Nahrungsmittel selber für uns zu.

Wenn ich mich recht erinnere, war das Ende November gewesen. Die Premiere im La Fenice fand kurz vor Weihnachten statt, und im Januar nahm ich für einen Reportageauftrag an einem Tauchtörn im Roten Meer teil, einer Fahrt mit einem für Tauchexpeditionen umgebauten ehemaligen Fischkutter durch den Golf von Akaba, von Eilat nach Ras Muhammed.

Riccardo begegneten wir an einem Spätnachmittag in einer Vino e Pane-Stehbar in einem kleinen Lebensmittelgeschäft. Ich erkannte ihn zunächst nicht. Aber er lächelte meiner Frau und mir zu und grüsste uns freundlich, so als ob nie etwas Merkwürdiges zwischen uns vorgefallen wäre. Wir wechselten ein paar Worte und tranken zusammen ein Glas Wein. Dann verliessen wir den Laden wieder, und seither habe ich den Mann nie mehr gesehen.

Jemand von den römischen Freunden der Tochter der rumänischen Sängerin erzählte uns noch, dass Riccardo in Wirklichkeit gar kein Schriftsteller sei, sondern ein Hardcore Pornofilmer, der sich als Schriftsteller ausgebe, oder ein Schriftsteller, der das Schreiben aufgegeben habe und Hardcore Pornofilmer geworden sei.

Milena und Eric sehen meine Frau und ich gelegentlich noch. Alarico begegneten wir vor der *Lucrezia Borgia*-Premiere zufällig noch einmal in einer Galerie in der Nähe des La Fenice. Danach hörten wir nichts mehr von ihm. Mit Giorgio hat meine Frau kürzlich wieder zusammengearbeitet. Zu einem Vorfall in der Art des venezianischen ist es zwischen Milena und Riccardo nicht mehr gekommen. Die Tschechin hat es während Jahren vermieden, dem Venezianer zu begegnen. Was Eric von der Geschichte hält, weiss ich nicht. Wir haben nie eingehend darüber gesprochen. Aber ich nehme an, dass seine

Einstellung, wie die der meisten Unbeteiligten, eine skeptische ist.

Mir selber ist das venezianische Intermezzo als Beispiel dafür, wie schnell man schon unter relativ günstigen Lebensbedingungen zum Mörder werden kann, stets präsent – wenn auch nur in der zusammengefügten Form, in der ich es erlebt habe: mit einem grossen Teil, der direkt in mein Bewusstsein eingegangen ist, und mit Sequenzen, die ohne mein Mitwirken stattgefunden haben und mir nachträglich erzählt worden sind.

Nachwort

Samuel Moser

Ein Zwischenspiel als Novelle, eine Novelle als Zwischenspiel? Form und Inhalt tauschen ihre Rollen – da braut sich etwas zusammen. Das Folgenlose des Spiels mischt sich bedrohlich mit dem Folgenschweren einer, wie Goethe die Novelle definierte, »sich ereigneten unerhörten Begebenheit«, die im »Venezianischen Zwischenspiel« nichts anderes bedeuten kann als die Pervertierung all dessen, was wir mit dem Spiel verbinden: Freiheit, Lust, Schönheit, Geselligkeit, Menschlichkeit.

Dass dies bloss ein Entr'acte und nichts von bleibender Bedeutung sei, ist eine der vielen, Meyers Text prägenden, bitteren Ironien. Und ist in seiner Novelle dann nicht auch »venezianisch« weit mehr als bloss eine Bezeichnung für die als ein Höhepunkt unserer Kultur geltende »Serenissima«», in der das alles stattgefunden hat – oder haben soll? Eine Chiffre nämlich für die Maskenhaftigkeit unserer Zivilisation und unseres Seins überhaupt, hinter der das lauert, was wir (auch) sind: »schwarze Hunde« im finsteren Reich unserer eigenen destruktiven Kräfte.

Der Weg vom Sinn zum Wahn ist beängstigend kurz in E.Y. Meyers Novelle. Eine »alltägliche, unscheinbare« Bemerkung genügt, um dem Erzähler alle Gewissheiten zu rauben. Letztlich auch die, gerade nicht zum Mörder geworden zu sein. Alles könnte seiner täuschenden Einbildungskraft entspringen. Selbst sein manisches Abklopfen aller möglichen sinnlichen Erfahrungen des »wirklichen« Lebens von Carpaccio bis »Carpaccio« ufert aus und kippt in sein Gegenteil: in den Verlust der Orientierung.

Für einen derartigen *Umsturz* (man erinnert sich an den »Reisenden in Sachen Umsturz«, E.Y. Meyers Erstling) kommt Goethes Definition dann doch etwas zu behäbig daher. Besser macht man sich auf kleistsche Dimensionen gefasst. Der Verlust der »Gefühlssicherheit«, wie dieser es nannte, zerrüttet alles für die, denen sich wie Kleist und Meyer in der Aufklärung der

Vernunft vor allem deren Abgründe geöffnet haben.

Was bleibt dann noch? Neben dem ästhetischen Gelingen seiner Novelle ist es dies: dass E.Y. Meyer seine Verzweiflung stets auf dem schmalen Grat des Zweifels zu halten vermag. Der Zweifel ist seine zerbrechliche, aber einzige Waffe gegen die verführerischen Perversionen der Macht in jeder Form, wie sie Riccardo *Malino* im »Venezianischen Zwischenspiel« verkörpert, oder besser: wie sie dem Erzähler in seinem »Kollegen« *erscheinen*.

Der Zweifel gehört ebenso zur »venezianischen« Melancholie wie die schon angesprochene erzählerische Ironie, die sich bereits in der schier endlosen Anfahrt durch halb Europa und dessen Geschichte zeigt, bis man dann endlich doch noch Harry's Bar erreicht. Dass die gesellige Truppe, die da zielstrebig in den Abgrund rast (auch wenn sie vordergründig davonkommt), aus lauter »Spielleuten« besteht, die selber mit allen Wassern des Täuschens und Enthüllens gewaschen sind, kann dann nur noch als Selbstironie des Erzählers verstanden werden, der als Schriftsteller ja auch zur Gattung der Gaukler gehört.

Schon bei seinem ersten Erscheinen 1997 konnte man ahnen, dass das «Venezianische Zwischenspiel» keinesfalls ein blosses Zwischenspiel in E.Y. Meyers Werk darstellte, sondern im Gegenteil eine Kulmination. In gewisser Weise war es damals auch eine Befreiung des »Maillard«-Stoffes aus den Beschränkungen des in diesem Roman erprobten phantastischen Schreibens und dessen Rückführung in die Gegenden des Wahrscheinlichen und Menschenmöglichen, in denen Meyer immer schon unterwegs war: in den Erzählungen »Ein Reisender in Sachen Umsturz« ebenso wie dann in den Romanen »In Trubschachen« und »Die Rückfahrt«.

Das Scheitern der Aufklärung, um dieses Schlagwort zu bemühen, ist ein roter Faden in E.Y. Meyers Werk. Es führte ihn bemerkenswert früh zur Entwicklung seines ökologischen Denkens. Ebenso heftig erschütterte es aber auch von Anfang an seine künstlerische Spracharbeit und – dies (bei aller Differenz) in der Tradition der in der Schweizer Literatur der 70er Jahre (noch) gepflegten Skepsis dem Erzählen gegenüber – sein Selbstverständnis als Schriftsteller.

Den Musenkuss erhielt E.Y. (damals wohl noch: Peter) Meyer, gemäss seiner Erzählung »Gross-Papa ist wieder da« von seinem Grossvater, der ihn eines Tages umarmte und sagte, er solle »nur so weiterfahren und ein GROSSER Schriftsteller werden und auch *diese Geschichte* einmal aufschreiben.« Heisst: wie der Erzähler bei E.Y. Meyer immer Teil seiner eigenen Erzählung, so bleibt auch der Schriftsteller immer eine Figur des Schriftstellers. Um einen Satz des Vorsokratikers Xenophanes zu variieren: »Man kann ein Schriftsteller sein, aber niemals wissen, dass man einer ist.« Alles bleibt Annäherung. Nicht nur an »Vorbilder« wie Robert Walser (in: »Eine entfernte Ähnlichkeit«), sondern auch an die eigene Identität.

Die von E.Y. Meyer im Essay »Das Zerbrechen der Welt« geschilderte und in Anlehnung an Kleist mit Recht als seine »Kant-Krise« zu benennende Erkenntnis, dass der Mensch niemals Wirklichkeit erfahren, sondern immer nur konstruieren könne, bringt Meyers Schreiben zwar hervor, aber auch immer wieder an seine Grenzen. Doch niemals verfällt es in einen *Malino*'schen Nihilismus. Sein Weg ist der einer anspruchsvollen Anspruchslosigkeit, wie sie aus dem von Meyers öfters zitierten Einwand von Voltaires Candide gegen die Verkünder des Absoluten jeder Art spricht: »... aber wir müssen unseren Garten bestellen.«

Dass damit keine Rückkehr in den Garten Eden gemeint ist, sondern die an den Schreibtisch des Schriftstellers, zeigt sich (tröstlich für alle Leser) in E.Y. Meyers bislang letztem Werk »Apotheose«: es bedeutet nicht die Vergöttlichung, aber immerhin die Auferstehung des Geschichtenerzählers E.Y. Meyer.

So kann man das »Venezianische Zwischenspiel« ja auch lesen: Alle Wege führen einmal in »Harry's Bar«!

Vita E. Y. MEYER

E. Y. Meyer, geboren 1946, ist einer der bedeutendsten Schweizer Schriftsteller. Nach Studien von Literatur, Philosophie und Geschichte hat er ein Gesamtwerk geschaffen, das neben Romanen, Erzählungen und philosophischen Essays auch ein dramatisches Werk umfasst. Längere Aufenthalte in New York, Paris und London: lebt und schreibt in Bern. Auszeichnungen u.a.: Gerhart-Hauptmann-Preis, Preis der schweizerischen Schillerstiftung, 2011 für den Nobelpreis für Literatur vorgeschlagen.

Werke E. Y. MEYER

Ein Reisender in Sachen Umsturz, Erzählungen

In Trubschachen, Roman

Eine entfernte Ähnlichkeit, Erzählung
und zwei Essays über Robert Walser

Die Rückfahrt, Roman

Die Hälfte der Erfahrung, Essays und Reden

Plädoyer, Für die Erhaltung der Vielfalt der Natur beziehungsweise für deren Verteidigung gegen die ihr drohende Vernichtung durch die Einfalt des Menschen, Essay

Sundaymorning, Theaterstück

Das System des Doktor Maillard oder
Die Welt der Maschinen, Roman

Venezianisches Zwischenspiel, Novelle

Die Erhebung der Romanfiguren, Erzählung

Der Ritt, Roman

VerDingt, Theaterstück

Club Freitag der Dreizehnte – Teil 1
Wandlung, Roman

Club Freitag der Dreizehnte – Teil 2
Apotheose, Roman

eBooks E. Y. MEYER

Die meisten Werke von E. Y. Meyer sind auch als eBooks erhältlich. Hier eine unvollständige Liste, bei welchen Online-Shops Lesebegeisterte sie beziehen können:

Amazon.de

Barnesandnoble.com

Buchhandlung.de

Buecher.de

Ebook.de

Hugendubel.de

Kobo.com

Libri.de

Orellfuessli.ch

Osiander.de

Thalia.at

Thalia.de

Thalia.ch

Weltbild.at

Weltbild.de

Weltbild.ch